Bert Ron

Nächtlicher Besuch

Ein philosophischer Mystery-Reise-Krimi

Roman

Bright Verlag

Bert Ron

Nächtlicher Besuch

Roman

Bright Verlag

Herausgeber

Bright Verlag

Norbert Breidt

Luxemburger Straße 291

50939 Köln

Tel.: 0172 – 5105788

Satz und Umschlaggestaltung: Nils Bahlo, Köln

Illustration Norbert Breidt (Titelbild)
  Gabriele Grewe

1. Auflage 2016

Alle Rechte vorbehalten

Danke

- meinem Freund Jan, der mich immer wieder zum Schreiben ermutigt hat
- meiner Liebsten Gabriele, die meine kreativen Prozesse kritisch wohlwollend begleitet und mir mit tollen Tipps aus mancher Sackgasse geholfen hat

Bert Ron: Nächtlicher Besuch

Er kam – wie erwartet – völlig unerwartet. Leibhaftig stand er vor meiner Wohnungstür und ließ sich nicht abweisen.
„Sonnenfeld, Florian?" fragte er mit seinem sonoren, leicht metallisch klingenden Bass.
„Mit wem hab' ich die Ehre?" fragte ich und musterte den finsteren Herren dabei sehr genau: schwarze Schuhe, dunkelgrauer Anzug, weißes Hemd, grau-blau-quer gestreifte Krawatte und auf dem Kopf einen Stanton, unter dem sich etwas zottelige, silbergraue Haare zeigten. Seine Augen waren auffällig dunkel und schienen tief im Kopf zu liegen, sein eher blasser Teint kontrastierte mit buschig-schwarzen Augenbrauen, seine Nase war groß und etwas krumm, der schmale Mund, dessen Winkel in Richtung vier und acht Uhr zeigten, schien schon lange nicht mehr gelächelt oder gar gelacht zu haben. Er hatte etwas Zeitloses.
„Kommen Sie mit", sagte er trocken, fast mechanisch, „Ihre Zeit ist um."
„Bitte wie meinen?" fragte ich, einerseits perplex, zum anderen jedoch auch amüsiert.
„Ich bin Ihr Begleiter auf dem Weg ins Jenseits",

sagte er, „man nennt mich hier den Sensenmann."

„Schön, Herr Sensenmann", flötete ich ihm entgegen, „und was soll ich dort im Jenseits?"

„Nichts", sagte er, „absolut nichts. Das ist alles, was Sie dort erwartet."

„Nun, dann gehen Sie mal ohne mich, oder noch besser: gehen Sie zum Teufel."

Und ich schlug ihm die Tür vor der Nase zu. Zumindest wollte ich das; doch die Tür blieb ein Stück weit offen und ich verspürte einen Sog, kräftig und kalt, und als mein Fuß schon über die Schwelle hin zu meinem mysteriösen Besucher gezogen war, fröstelte mich so sehr – dass ich aufwachte.

Erstes Bild

Typischer Büroraum. Ein Mann, Anfang 30, sitzt auf seinem Schreibtischstuhl. Auf dem Bildschirm seines Computers steht: <u>Ich funktioniere, also bin ich.</u> Die Worte spiegeln sich im Gesicht des Mannes, während im Hintergrund eine grau-schwarz melierte Dunstwolke versucht, durch das Fenster, das jedoch nur einen Spalt offen ist, zu entweichen.

Kalter Schweiß stand auf meiner Stirn. Ich war wie vor den Kopf gestoßen. Träume waren doch eher halluzinationsartige Bildeindrücke! Was ich jedoch gesehen hatte, schien mir auch jetzt noch glasklar. Was steckte dahinter? Welche Ängste? Welche Hoffnungen? Vielleicht hatte ich ja erst beim Erinnern an meinen Traum das unterbewusst Erlebte konkret ausstaffiert.

Ich sah auf den Radiowecker, dessen Leuchtzifferblatt mir kundtat, dass es 05:48 Uhr war. Noch hatte ich also eine knappe Dreiviertelstunde

Zeit, bevor ich aufstehen musste, um mein Tagwerk zu beginnen. Als Mitarbeiter im Personal Management eines großen Arzneimittelherstellers hatte ich heute einen anstrengenden Tag vor mir: ich sollte am Vormittag Bewerbungsgespräche führen, mit fünf Kandidaten, die sich alle Hoffnungen auf eine Anstellung in der Buchhaltung des *Public Relations Department* machten. Nur einen würde ich auswählen. - Und für den Nachmittag war mir die Leitung eines Seminars für Auszubildende zum Thema *Corporate Identity* angetragen worden.

Die Gedanken an den mir bevorstehenden Arbeitstag erfüllten mich nicht mit Vorfreude.

Bald merkte ich, dass ich ohnehin nicht mehr einschlafen würde, also stand ich auf und nahm ausnahmsweise eine kalte Dusche, doch auch die weckte meine Lebensgeister nicht. Beim Frühstück schaltete ich das Radio ein und hörte ellenlange, schier endlose Meldungen über kilometerlange Staus. Auf manchen Autobahnen war Glatteis, nachdem die Temperaturen über Nacht weit unter den Gefrierpunkt gesunken waren; dazu wehte ein sibirischer Wind der Stärke 5 bis 6. Mich fröstelte.

Bei meiner zweiten Tasse Kaffee glaubte ich, ein Klopfen an der Tür zu vernehmen und sah durch den Spion, doch da war nur die gegenüber liegende Wand.

Es war kurz vor acht, als ich vor die Tür trat. Auf dem Weg zu meinem Dienstwagen, einem anthrazitfarbenen Mercedes, schien es mir, als ob heute alle Menschen dieser unseligen Großstadt sich entschlossen hätten, dem trüben Novemberwetter mit besonders dunkler und trister Kleidung zu huldigen. Auch ich hatte Hemd und Hose, Schuhe und Mantel der spätherbstlichen Trauerstimmung angepasst.

Als ich in mein Auto stieg, bemerkte ich einen Herren, wie ich dunkel gewandet, der mich aus tief liegenden dunklen Augen anzustarren schien. Ich hatte ein merkwürdiges Gefühl.

Im Büro wartete mein neuer Mitarbeiter bereits auf mich.

„Guten Morgen, Herr Nessen", grüßte ich ihn, als er mir mit fünf dicken Bewerbungsmappen unterm Arm entgegenkam, „Mannomann – wo sind denn unsere Möchte-gern-Accounting-Manager?"

„Kommen Sie mit," antwortete er und mir fiel zum ersten Mal der klangvolle tiefe Ton seiner Stimme auf.

Die Kandidaten waren das reinste Gruselkabinett; einer farbloser als der andere, überboten sie sich gegenseitig mit ihren emotionslos, fast roboterhaft vorgetragenen drögen Antworten. Ich stellte mir vor, dass die grauen Herren aus Michael Endes Kinderroman *Momo* als junge Männer so gewesen sein müssten. Ein kalter Schauer lief mir über den Rücken.

Bert Ron: Nächtlicher Besuch

Ich entschied mich schließlich für einen Herrn Teufel aus Essen, der nicht wie alle anderen eine dunkle Krawatte zum weißen Hemd, sondern eine schwarzgraue Fliege zum schwarzen Hemd trug.

Die Mittagspause verbrachte ich in der Kantine, wo das Essen reichlich und preiswert war. Dumm nur, dass gerade an diesem aus meteorologischer Sicht ersten wirklichen Wintertag die Heizung ausgefallen war: ich fror trotz Wollmantel.

Die Teilnehmer des Nachmittags-Seminars schienen *Corporate Identity* mit de-individualisierter Uniformität verwechselt zu haben. Oder war ihnen ein Dress-Code auferlegt worden? Selbst die jungen Damen trugen ausnahmslos dunkle Hosen, dunkle Röcke, dezente Oberteile.

‚Bonjour tristesse,' hätte ich die Anwesenden beinahe begrüßt, doch ein vermutlich aus meiner bürgerlichen Sozialisation stammender Impuls lähmte mein Zunge. Punkt 18 Uhr beendete ich die Veranstaltung, die ich ohne jegliche intrinsische Motivation, eventuelle Beiträge der Teilnehmenden aufzugreifen, zur trockenen Vorlesung hatte werden lassen.

Die vom Lebensalter her jungen, aber wie mir schien, in der Seele schon ergrauten Seminaristen bedankten sich, indem sie mit den Knöcheln ihrer Finger auf die Bänke klopften, so wie es der Konvention entsprach. Ich verabschiedete mich mit einem grimassenhaft-freundlichen Nicken und ging schnurstracks zur nächsten U-Bahn-Station. Ich fühlte einen gewissen Stolz, da ich es geschafft hatte, an diesem Arbeitstag, der in solch mysteriös-trüber Stimmung begonnen hatte, so gut zu funktionieren. Daher hatte ich beschlossen, das Auto stehen zu lassen und mich mit ein paar Drinks zu belohnen, eine Entscheidung, die mir besonders leicht fiel, weil heute Freitag war und ich ein freies Wochenende vor mir hatte.

„Thank God, it's Friday", waren also die Worte, mit denen ich den Wirt der *Letzten Instanz* begrüßte, bevor ich mich auf einen Barhocker an die Theke setzte und mir einen Gin Tonic bestellte.
Neben mir stand ein Herr mit Hut, zu dem ich zunächst nur kurz hinüber sah, ihn dann aber ungläubig anstarrte: er war – so schien es mir – die exakte Reproduktion dessen, was mir in der vergangenen Nacht erschienen war. Der Leibhaftige oder sein Bote stand neben mir, ganz real, live und in Schwarz-weiß und trank Whisky, Johnny Walker – Black Label. An der Garderobe hing ein Stanton.
„Alles okay?" fragte er mich mit einem deutlich englischen Akzent.
„Sure", antwortete ich, um ihm zu verstehen zu geben, dass ich seine Herkunft schon nach zwei Worten lokalisiert hatte.
„Neu in der Stadt?"
„Well – ich wohne überall und nirgendwo", sagte er, „ich bin ein *Nowhere Man*. Pleased to meet you." Er

streckte mir die Hand entgegen.

„Slim", sagte er.

„Florian", sagte ich und bemerkte, wie die Wortwahl seiner Vorstellung bei mir einen alten Stones-Song ins Gedächtnis rief und im Geiste sang ich weiter „... hope you guess my name ..."

Slim Reaper war ein unterhaltsamer Zeitgenosse. Er erzählte mir von seinen Reisen, die ihn um die ganze Welt geführt hatten, mit dem Zug, per Bus, mit Schiffen und Fähren, aber nie mit dem Flugzeug.

Viele Menschen habe er kennen gelernt, Freunde jedoch habe er nicht, auch keine Familie.

Slim gab verrückte Stories zum besten; einmal musste er fünf Stunden lang in einem Klohäuschen ausharren, weil ihn draußen ein Braunbär erwartete und erst durch die Schüsse eines Wildhüters vertrieben wurde; ein anderes Mal hatte er bei einem Motorradtrip durch Australien die Weiten des Outback unterschätzt, das Wasser war ihm ausgegangen, er war einem Schild, das auf eine Tankstelle hinwies, gefolgt, die er dann fand, die jedoch nur aus einer Zapfsäule und einem Werbeschild bestand. *Cool down and have a drink* hatte er gelesen und es überhaupt nicht witzig gefunden. Und dann war wie aus dem Nichts der *Deus ex machina* in Form eines Aborigine gekommen und hatte ihn gerettet.

Ich mochte seine Art zu erzählen, mochte seine unwahrscheinlichen, geheimnisvollen Geschichten, die Bemerkungen voll schwarzen britischen Humors, die er immer wieder einstreute, aber auch seinen Kenntnisreichtum, der mir zeigte, dass dieser Mensch kein Schwätzer war, der mich auf Fantasiereisen mitnahm, sondern ein kluger, welterfahrener Globetrotter.

Wie erbärmlich kam mir mein eigenes Leben im Vergleich zu seinem vor. Ich war sicher wohlhabend, vielleicht sogar reich, wie er hatte auch ich keine Freunde, keine Familie.

Nur: Ich hatte noch nicht einmal eine Zukunftsvision und mein gegenwärtiges Leben war eine einzige Einöde. Tag für Tag fuhr ich mit dem gleichen Gefühl auf dem gleichen Weg zur Arbeit. Da ich schon eine höhere Stufe auf der sozialen Leiter erklommen hatte und keinerlei Motivation auf einen weiteren Aufstieg verspürte, ließ ich es, so gut es halt ging, locker angehen, dehnte die Pausen und entschleunigte lustlos die Phasen der produktiven Aktivität. Abends gönnte ich mir ein paar Gläser Bier oder Wein, entweder zu Hause oder allein an meinem Stammplatz an der Ecke der Theke meiner Stammkneipe. Ich trank und schwieg, bestellte, trank und schwieg, bis ich mich müde vom Schweigen und Trinken auf den Heimweg machte.

Alle paar Monate ging ich in eine Discothek, von der ich wusste, dass es dort junge Frauen gab, die Lust auf einen One-Night-Stand hatten. Dann musste ich etwas sprechen, um mein Ziel zu erreichen, was mir meistens gelang. Die Namen der Damen hatte ich oft schon am nächsten Morgen vergessen. In der Regel waren meine Abende nicht nur lang, sondern vor allem langweilig.

Auch dieser Abend wurde lang; Slim erzählte von seinen Reisen, von seinen Abenteuern und dass er sich manchmal sehr einsam fühlte. Ich erzählte ihm von meiner Arbeit, meinem maßlos monotonen Leben, und dem einzigen Traum, den ich hatte: irgendwann einmal auszusteigen und die Welt zu bereisen.

Er lächelte und schwieg dabei bedeutungsvoll.

Der nächste Morgen war, anders als erwartet, eben nicht verkatert und *Hätt'-ich-doch-nicht!* Ganz im Gegenteil. Ich fühlte mich, als ob die Streichhölzer meiner Lebenszellen endlich entzündet worden wären, die Synapsen meiner Gehirnwindungen waren aktiviert und produzierten mit vitaler Energie Phantasie und Esprit.

Reisen, um die ganze Welt, frei von Konventionen und Sachzwängen. Einmal, ein einziges Mal, ganz von vorn anfangen, sein, *mein* Leben einmal selbst neu gestalten ...

Ich nippte an meinem Orangensaft, den ich gerade frisch gepresst hatte und schlug die Zeitung auf. Irgendwo war ein mir nicht bekannter Philosoph, dessen Foto nun eine halbe Seite des Feuilleton einnahm, gestorben; ein in existentialistischem Schwarz gekleideter Herr mit Hut. ‚Ein Stanton?' fragte ich mich.

Ich las die Zeitung, war aber in Gedanken noch bei Slim, den ich am Dienstagabend wieder in der *Letzten Instanz* treffen wollte.

Ein Mann, kaum älter als ich, und doch um so viel welterfahrener, ich wurde neidisch. Was reizte mich so an ihm, warum hatte er eine derart magische Wirkung auf mich? Eigentlich widerte mich die triste Farblosigkeit dunkler Kleidung doch an. Warum nicht bei ihm? Meine Gedanken begannen, physischen Schmerz in meinem Kopf zu verursachen. Ich ging zum Kleiderschrank, öffnete die Tür und sah mir meine Klamotten an: graue Anzüge, weiße Hemden, schwarze Krawatten mit silbernen Streifen, exakt das, was ich bei anderen öde fand. Ich war mir selbst widerwärtig. Slims Kleidung dagegen war zwar schwarz, aber stilvoll, mit Niveau, bewusst ausgesucht, so wie er sein Leben, so schien es mir damals, bewusst gestaltete, während ich mich von dem meinen treiben ließ. Er war Schachspieler, ich nur eine Figur. - Könnte ich nicht auch ...? Nein, nein, nur Träumereien. Ich hatte einen gut bezahlten Job, meine Wohnung, was wollte ich mehr!

Auf einmal fühlte ich mich wieder müde und das blieb auch das ganze Wochenende durch so. Draußen nieselte es bei Temperaturen um den Gefrierpunkt, also blieb ich in meiner Wohnung und sah fern, indem ich mich leidenschaftslos durch die Programme zappte, bis ich schließlich bei einem Sportkanal hängen blieb, der ein Billard-Turnier in voller Länge übertrug. Ich schlief ein, wachte irgendwann auf, machte mir eine Tiefkühlpizza warm, trank beim Essen eine Flasche gut gekühlten Weins und vegetierte weiter dahin, bis ich mich am Montagmorgen mit der U-Bahn zur Arbeit rettete; ich hatte es nicht einmal geschafft, mein Auto abzuholen.

Nessen begrüßte mich freundlich, sehr freundlich, ja zu freundlich. Was für ein Schleimer! Klar, heute war ein wichtiger Tag für meinen Kollegen, auch wenn ihm das wohl gar nicht so bewusst war. Denn bald würde seine Probezeit enden und ich würde heute das entscheidende Statement abgeben, das darüber entscheiden würde, ob sein Arbeitsvertrag vom nächsten Ersten an unbefristet sein würde.

Eigentlich machte er seine Sache gut: höflich, eifrig, positiv, immer makellos gekleidet. Trotzdem, ich mochte ihn nicht. Wie er da vor mir stand in seinem Persil-weißen Hemd, seinem akkurat mit einem doppelten Windsor (nicht wie ich mit einem einfachen) um den Hals geschlungenen dunkelblauen Schlips mit diagonalen grauen Nadelstreifen, goldener Krawattennadel, anthrazitfarbener Hose, schwarzen, glänzend polierten Halbschuhen, das war nicht makellos, das war perfekt, zu perfekt. Genauso zu perfekt, wie er zu höflich, zu eifrig, zu positiv war.
- Adios amigo, such dir was anderes. Ich habe gesprochen. Hugh.

Ich konnte ein maliziöses Lächeln nicht unterdrücken. Ich kam mir vor wie Manitou persönlich. Schon morgen würde er es wissen, ich musste mir nur noch ein paar treffende Formulierungen einfallen lassen: *entspricht nur bedingt dem geforderten Profil, scheint besser für andere Aufgaben geeignet, passt auf Grund seiner Persönlichkeitsstruktur nicht ins Gefüge, blablabla ...*

Es berührte mich nicht, als ich ihn am folgenden Tag mehr schockiert als betrübt durch die Gänge huschen sah, und als er sich endlich getraute, mich direkt anzusprechen, sagte ich ihm nur, er hätte doch alles schriftlich erhalten und ich hätte keine Zeit. C'est la vie.

Ich machte Überstunden. Nicht, dass die zu erledigende Arbeit dies wirklich erfordert hätte, aber ich wollte mich ja noch mit Slim treffen, um halb acht, also dehnte ich meine Aufgaben bis es sieben Uhr war, um nicht zu lange in der *Letzten Instanz* auf meine neue Bekanntschaft warten zu müssen.
Als ich eintraf, war Slim bereits da, in der Zugluft zwischen zwei geöffneten Fenstern stehend. Unangenehm, fand ich und schloss eines, sofort, nachdem ich ihn begrüßt hatte. Wie beim letzten Treffen war er in elegantem Dunkel ohne modischen Schnickschnack gekleidet, sein Stil imponierte mir.
„Auch einen?" Er zeigte auf seinen Whisky. „Es ist ein Black Label."
„Ich weiß", sagte ich und fügte hinzu, „ja, auch einen, aber mit Wasser." Er bestellte.

„Erzähl mir mehr von dir, Slim", sagte ich, „woher kommst du, wovon lebst du?"

„Well", sagte er, „dass ich Engländer bin, weißt du. Ich komme aus Dover. Mein Vater hat früher als Kapitän einer der Fähren nach Calais übergesetzt. Und ich lebe von meinen Ersparnissen."

„Und wie bist du zu so viel Geld gekommen, dass du so viel reisen kannst?"

„Ich habe *International Business and Economics* studiert und mich schon sehr früh mit Börsengeschäften beschäftigt. Mit 20 hatte ich schon 140000 £ bei Spekulationen gewonnen durch ganz kurzfristiges An- und Verkaufen von Aktien. Ich saß 16 Stunden pro Tag vor dem Computer, beobachtete alles genau und machte nur sichere Deals. Abends war mein Kopf dann leer, ich trank noch ein, zwei Pint, aß im Pub und ging zu Bett. Freunde hatte ich dadurch keine. Aber mit 30 fühlte ich mich reich genug; ich hörte von einem Tag auf den anderen mit dem ganzen Business auf, setzte mich in den Zug und bereiste die Welt."

„Davon träume ich", gestand ich ihm, „reisen, neue Horizonte entdecken, dabei den eigenen erweitern ..."

„ So what? Was hindert dich daran?"

Ich schwieg. Ich sah ihn an, sah ein Funkeln in der Tiefe seiner dunklen Augen, nahm einen Schluck Whisky und fühlte die sanfte Wärme, mit der die Flüssigkeit mich auf ihrem Weg in mein Körperinneres labte. Vor meinem geistigen Auge eröffneten sich mir unendliche Weiten, ein grenzenloser Himmel.

Doch ich befand mich noch teilweise in meinem Tag-Modus und der war nicht wie mein nächtlicher von Fantasien und sehnsüchtigen Träumereien, sondern von klarem, nüchternem Realitätsbezug gekennzeichnet; mein Hirn begann, an Konkretisierungen zu arbeiten.

„Reist du eigentlich immer allein?" fragte ich vorsichtig.

„Wenn du mit mir kommst auf meinem Weg, dann reisen wir zusammen." Er lächelte. „Aber es gibt ein kleines Problem."

„ Ich höre."

„Reisen macht deinen Gesichtskreis größer, aber dein Portmonee dünner", erklärte er, „meine Ersparnisse reichen nicht mehr lange."

„Mmmh!" Ich stutzte, dachte nach. Ich hatte einiges auf der hohen Kante, eine Eigentumswohnung, einen auszahlungsfähigen Bausparvertrag, ein paar Aktien ... Wenn ich das alles in Bares umsetzen würde ...

„Gib mir Zeit", sagte ich schließlich.

„Listen", sagte Slim, während er sein Tabakpäckchen öffnete und sich eine *Schwarze Krauser* drehte, „Zeit ist ewig und unsere begrenzt. Sag mir in einer Woche Bescheid. Same time, same place."

„Okay."

Ich schüttelte ihm die Hand und ging.

Ich war aufgeregt, meine Gedanken schossen ungeordnet aus allen Richtungen durch meinen Kopf, trafen aufeinander und explodierten, es kam mir vor wie Silvester um Mitternacht, ein wild-chaotisches unkoordiniertes Feuerwerk, allerdings eines, dem die Farben fehlten, ähnlich einer *Mazcletá*, wie sie im spanischen Valencia während des großen Volksfestes der *fallas* täglich abgefeuert wird.

Sollte ich es wirklich wagen, mit meinem bisherigen Leben zu brechen, um mit einem Mann auf Reisen zu gehen, den ich eigentlich kaum kannte? Der mich anzog wie ein schwerer Magnet eine Büroklammer, ohne dass ich den Grund dafür hätte benennen können? Vielleicht war es sein Äußeres, seine Art, sich zu bewegen und zu erzählen, seine Eloquenz? Es war mir gleich. Über die Ursache dachte ich zu jener Zeit nicht nach, die Wirkung jedoch spürte ich deutlich.

In der Nacht wurde ich wieder von einem Albtraum heimgesucht: Ich stand als Schüler in der ersten Reihe des Klassenraums und musste vor meiner strengen Lehrerin Goethes Gedicht vom *Fischer* rezitieren; und als ich bei den letzten Versen angekommen war ‚*halb zog es ihn, halb sank er hin*', öffnete sich der Boden unter meinen Füßen und ich fiel, fiel, fiel immer tiefer und tiefer, ohne Ende, fiel durch eine kalte grau-schwarze Wolke – und wachte einmal mehr durchnässt auf.

Sollte das ewig so weitergehen? Nein.

In diesem Moment fasste ich meinen Entschluss. Ich stand auf, legte Eric Claptons *Crossroads* auf, schüttete mir den Rest des Aldi-Weins (einen Pinot

Noir) ein, stellte mich vor den Spiegel, hob mein Glas und trank meinem Spiegelbild zu.

„Auf den Neubeginn", sagte ich festlich und trat einen Schritt nach vorn, über eine imaginäre Schwelle, um meinem Spiegelbild näher zu sein. Ich konnte mich jedoch selbst *nicht* besser sehen.

Zweites Bild

Romantischer Sonnenaufgang. Davor zwei Koffer. Einer davon – der etwas größere – wirft einen irrealen, schmalen länglich roten Schatten, der sich über die ganze Breite des Bildes erstreckt.

Schon am nächsten Tag schrieb ich meine Kündigung; da ich noch Resturlaub aus den vergangenen Jahren hatte, würde ich die Reise nach Überall und Nirgendwo (vielleicht zu mir selbst? kam mir in den Sinn) schon in einer Woche beginnen können. Es wurde also höchste Zeit, mit den

Vorbereitungen anzufangen. Verträge kündigen, Wohnung auflösen; bürokratische Tätigkeiten waren seit langem ein selbstverständlicher Teil meiner selbst geworden, alles ging mir leicht von der Hand.

Noch ein paar Besorgungen musste ich machen, dann könnte es losgehen.

Ich sah mich in der Innenstadt um und wurde in einem Laden für Outdoor-Equipment fündig: wetterfeste Kleidung, festes Schuhwerk, ein Nassrasierer, eine batterielose Taschenlampe; schließlich fand ich auch noch einen robusten, schwarz-roten Rucksack der Firma *Sense* (Slogan: *Sense makes sense.*) Zufrieden kehrte ich zurück in meine Wohnung, mit dem Gefühl, recht gut ausgestattet zu sein, egal, auf welche Art wir reisen würden. Und sollte etwas fehlen, könnte ich es ja auch noch während der Reise einkaufen.

Was müsste ich sonst noch alles mitnehmen? Musik, natürlich. Ich legte meinen alten Discman bereit, nahm mir Zeit bei der Auswahl von genau 10 CDs, mit denen ich emotional bedeutende Erinnerungen verband, auch die Mundharmonika, der ich ab und an Harmonien zu entlocken versuchte, legte ich in den Koffer, nahm sie einen Augenblick später aber wieder zur Hand, führte sie zum Mund und versuchte mich an Morricones *Lied vom Tod*, allerdings mit mich selbst sehr enttäuschendem Erfolg. Ich legte das Instrument wieder zurück.

Die Verabschiedung aus meiner Firma verlief in

steifer Routine. Ich hatte ein kleines Büffet spendiert, mit Bier und Wasser, Brötchen mit Tartare, Salaten, höllisch-scharfen Peperonis, nichts Außergewöhnliches, meine Ernährungsweise war halt sehr normal. Man wünschte mir alles Gute, Betroffenheit oder gar Trauer konnte ich in keinem Kollegengesicht – und auch bei keiner Kollegin – erkennen. Mich ließ der Abschied ebenfalls kalt.

Zurück in meiner Wohnung feierte ich meine neue Freiheit mit einem Bier, und da ich Lust hatte anzustoßen, prostete ich dem Spiegel mit meinem Halbliterkrug so kräftig zu, dass ein vertikaler Riss im silberbeschichteten Glas mich mir nun in zwei höchst asymmetrischen Hälften präsentierte. ‚Was soll's', dachte ich und schwebte noch Stunden lang weiter auf meiner Wolke der Euphorie, bevor meine allabendlichen tristen Träumereien mich zurück in meine einsame Welt holten.

Ich konnte es kaum erwarten, Slim wiederzusehen. Tausend Fragen schwirrten wirr in meinem Schädel, tausend unausgegorene Ideen und Pläne, Vorstellungen und Hoffnungen.

„Wann geht's los?" fragte ich schon zur Begrüßung.

„ Sobald du bereit bist, my friend."

So hatte er mich noch nie genannt. Nun kannten wir uns ja noch nicht lange und obwohl ich ihn als idealen Reisebegleiter (oder Reiseleiter?) mit Niveau und Erfahrung sah – als Freund hätte ich ihn nicht bezeichnet.

„Okay, ich bin bereit."

„Dann los!", sagte er trocken.

„Jetzt?" fragte ich perplex.

„Sure", sagte er, „hol deine Sachen und komm zum Bahnhof. Sagen wir 20 Uhr?"

„Okaaaay." Damit hatte ich nicht gerechnet; ein Rückzug wäre jedoch ein denkbar schlechter Start, sagte ich mir. „Wohin geht's?"

„Das erfahren wir am Bahnhof", meinte er nur, „cheers."

„Cheers", entgegnete ich. Die Whisky-Gläser mit dem nun schon üblichen Inhalt stießen aneinander; wir sahen uns an und ein Lächeln formte sich auf seinem Gesicht. Wahrscheinlich war ihm gerade aufgefallen, dass ich mich seinem zeitlosen, elegant-dezenten Kleidungsstil angenähert hatte. Ich lächelte zurück. Er sah ein klein wenig wie mein Spiegelbild aus.

Erst heute wir mir klar, wie irrational ich meinen damaligen Entschluss getroffen hatte, wie einfach und gerne ich mich hatte überrumpeln lassen. Ich suchte nach einem Sinn, den ich in meinem Leben nicht sah und war dadurch relativ frei, wenn Freiheit bedeutet, dass man nichts zu verlieren hat.

Drittes Bild

Eine schwarze Lokomotive mit schwarzem Hut. Ein schwarzer Mistkäfer krabbelt auf dem schwarzen glänzenden Schuh, der unter dem Hut hervorlugt. Im Hintergrund ein noch vorwiegend grauer Himmel, an dem sich jedoch schon erste orangefarbene Töne der aufgehenden Sonne zeigen.

Kaum drei Stunden später trafen wir uns in der Bahnhofshalle, er erwartete mich bereits, stand da in seinem schwarzgrauen Mantel, den Stanton auf dem Kopf, neben ihm ein mattschwarzer Koffer ohne

Aufschrift.

‚Wo hat er den bloß her?' fragte ich mich in Gedanken, ‚so was gibt's doch eigentlich heutzutage gar nicht mehr.'

Als er das Label auf meinem Rucksack sah, überkam ihn unwillkürlich ein geheimnisvolles Lächeln.

„Sense makes sense", las er und alberte „Not too bad, this makes sense, man."

„Und wie geht's jetzt weiter?" fragte ich und stellte die Reisetasche ab, die ich mit Kleidung voll gepackt hatte.

„Nun", klärte er mich auf, indem er mir den Fahrplan präsentierte, den seine Hand nun etwas höher hielt, „es ist jetzt" - er zog eine offenbar antike silberne Taschenuhr aus seinem Mantel - „genau 19:34 Uhr. Wir müssen noch Fahrkarten kaufen, also geht's nicht vor 20 Uhr los. Und wohin wir fahren, das lassen wir den Zufallsgenerator entscheiden."

Anscheinend verformten sich meine Gesichtszüge soeben zu einem großen Fragezeichen, also fuhr er fort, ohne auf eine verbale Reaktion meinerseits zu warten.

„Komm mit."

Wir gingen zu einem nur wenige Meter entfernten runden Stehtisch und er nahm zwei Würfel aus seiner Manteltasche.

„Du würfelst jetzt einmal mit einem Würfel; zeigt er eine 1, 2 oder 3, werden wir mit einem, bei 4, 5 oder 6 mit zwei Würfeln weitermachen."

Ich würfelte: „Vier."
„Also mit zwei Würfeln. - Nun würfele ich, wie oft wir nun noch würfeln werden."
Die Oberseiten zeigten eine 1 und eine 6.
„Sieben mal", addierte er.
3 und 2, 5 und 1, 4 und 3, 5 und 4, 6 und 2, 4 und 5, 1 und 1.
„Macht sechsundvierzig. Wir nehmen also die sechsundvierzigste Verbindung, die auf diesem Fahrplan vermerkt ist und zwar bis Endstation."
„Aha", sagte ich nur und hoffte, es würde sich nicht um einen Nahverkehrszug ins nächste Nest handeln.
War aber nicht so. Ganz im Gegenteil: der Nachtzug fuhr über die Grenze in eine Großstadt, die ich noch nie besucht hatte. Ich war zufrieden, das Abenteuer konnte beginnen.

Wir hatten ein Abteil für uns allein und philosophierten über das Wesen des Reisens. Wir kamen überein, dass Reisen notwendigerweise mit räumlicher Bewegung verbunden war, imaginäre Reisen auf der Suche nach sich selbst und der verlorenen Zeit lagen definitiv außerhalb unseres Reisebegriffs, da waren wir uns einig.
Für mich bedeutete Reisen die Erweiterung des geistigen (und geographischen) Horizonts, das Entdecken neuer Landschaften, Kulturen, Menschen – ein Abenteuer für Körper und Geist.
Slim dagegen betrachtete das Reisen als Teil seiner selbst, als Lebensinhalt, Obsession; reisen hieß leben

und leben bedeutete reisen. Reisen war für ihn nicht Urlaub, nicht Erholung vom Alltag, sondern der Alltag selbst, von dem es keine Erholung gab. Daher hatten seine Reisen auch kein Ziel, der Weg, also das Reisen selbst, war das Ziel. Aufenthalte an einem Ort betrachtete er als Reisepausen, als Transit zum nächsten Ort.

Mir wurde ganz mulmig, als ich mir vor dem Einschlafen ins Bewusstsein rief, was für einen Hardcore-Globetrotter ich da an meiner Seite hatte und frage mich besorgt, ob unsere bis dato nie groß diskutierten Vorstellungen unserer gemeinsamen Unternehmung auf unbegrenzte Zeit nicht schon bald hart kollidieren könnten.

Doch der Gedanke, dass ich doch selbst auch nicht als Tourist, sondern als weltoffener Aussteiger unterwegs war, beruhigte mich. Und außerdem war nichts von der faszinierenden Wirkung, die Slim auf mich ausübte, bisher verloren gegangen; das Gegenteil war der Fall: er verblüffte mich immer wieder neu, war voller unerwarteter fein-profunder Nuancen, wenn auch undurchschaubar und geheimnisvoll.

Mit derlei Gedanken schlief ich ein, zum ersten mal seit langem sehr ruhig, wenn auch nicht traumlos.

In dieser Nacht im Schlafabteil des Fernzugs kam mein nächtlicher Besucher als charmanter Herr in Schwarz, der mich erst lächelnd auf eine Reise einlud und mich dann fröhlich lachend als Gondoliero übe Wasserwege gleiten ließ, die dem venezianischen

Canale Grande ähnelten. Ich saß auf einem bequemen Sessel mit hoher Rückenlehne und einem kleinen Baldachin, von dem ein seidiger schwarzer Schleier fiel, durch welchen ich die Umgebung betrachtete. Doch dieser Trauerflor flößte mir keine Angst ein und ich gab mich den sanften gemächlichen Bewegungen hin, ganz dem Rhythmus der Ruderbewegungen meines stehenden Steuermanns folgend, hinein in eine diffus-dunkle Welt, an die ich mich jedoch schon beim Aufwachen nicht mehr erinnern konnte.

Ich sah aus dem Fenster. Die Sonne war schon aufgegangen und die Vororte einer großen Stadt zogen vorbei, ich betrachtete Kinder auf dem Weg zur Schule und Erwachsene auf dem Weg zur Arbeit. Die meisten Kinder, die man ausnahmslos in Schuluniformen gesteckt hatte, wirkten noch etwas müde und trotteten tumb und motivationslos ihrem Ziel zu, nur einige wenige schienen schon am frühen Morgen Spaß zu haben, hüpften, rannten, schrien vergnügt und lachten.

Von den erwachsenen Menschen, die ich sah, schien sich dagegen überhaupt niemand besonders wohl zu fühlen. Selbst im Vorbeifahren – der Zug fuhr nun recht langsam – konnte ich Griesgram und Leid in ihren Gesichtern erkennen, konnte sehen, wie sich diese Menschen mit dem öden, eintönigen Leben, das sie, so mutmaßte ich, führten, arrangiert hatten.

‚So ist es halt, das Leben', schienen mir ihre ganzen Körper zu jammern, ‚da kann man nichts dran ändern.' Lebensfreude sah anders aus.

Schließlich hielt der Zug und wir stiegen aus. Geschäftiges Treiben am Hauptbahnhof, Menschen mit Taschen, Rucksäcken, Koffern; alle schienen es eilig zu haben, emotionslos-nichtssagende Mienen, Kioskbetreiber, die letzte Vorbereitungen trafen, bevor sie ihre Läden aufmachten, zwei Reinigungskräfte – eine hagere Frau und ein dicklicher Mann – die die Bahnsteige fegten und die Müllbehälter leerten, ein Obdachloser, der röchelnd auf einer Bank lag und zwei jüngere Frauen, beide in High Heels und kurzen Röcken, die offensichtlich die Nacht zum Tag gemacht hatten, nun Kaffee aus Pappbechern tranken und recht fertig aussahen (bei der einen war das Gesicht mit Schminke verschmiert, die andere hatte ihre schwarzen Nylonstrümpfe durch eine markante Laufmasche bis übers Knie ruiniert), kurz und gut: das gewöhnliche alltägliche Panorama an einem Hauptbahnhof der modernen Welt.

Es war kühl und der morgendliche Nebel hatte sich noch nicht ganz verzogen, als wir das Bahnhofsgelände verließen. Wir wählten eine preiswerte Pension als Unterkunft, zwei Einzelzimmer, recht zentral gelegen und verabredeten uns zum gemeinsamen Mittagessen.

Ich war froh, dass sich unsere Vorstellungen vom Reisen zumindest jetzt zu Beginn noch nicht konträr gegenüber standen. Ohnehin hätte ich Slim nie der Kategorie Menschen zugeordnet, die in den Suiten der Luxushotels absteigt; und dass er nicht zu jenen asketischen Outdoor-Masochisten gehörte, die sich der Natur mit Schlafsack und Zelt näher fühlten, das hatte ich bereits aus seinem stets makellosen Äußeren geschlossen. Slim mit Holzfällerhemd, Five-Pocket-Jeans und Trekking-Boots – undenkbar.

Vom Gasthaus am Marktplatz blickten wir direkt auf die Kathedrale, eine Epochen übergreifende architektonische Melange aus Gotik und Barock. Ärmlich gekleidete Frauen saßen zu beiden Seiten der Eingangspforte und bettelten mit monoton lamentierenden Stimmen die meist touristischen Kirchenbesucher um Kleingeld und Almosen an. Ein gewohnter Anblick, den ich als lästig empfand, der mich aber ansonsten kalt ließ.

Die landestypische Küche war eher deftig, die Portionen reichhaltig. An unserem Tisch saß ein schon leicht ergrauter Mann in mittleren Jahren. Er trug eine stylische Brille von *Ray Ban*, hellblaues Hemd, dunkelblaue Bundfaltenhose, schwarze, glänzend polierte Halbschuhe, makellos. Er hatte wie wir das Tagesmenü bestellt, Hirschbraten mit Knödel und Rotkraut, aß sehr schnell und sah dabei immer wieder auf seine Armbanduhr.

Slim sprach ihn an.

„Na, Sie verbringen sicher Ihre Mittagspause hier?"

Er nickte.

Slim hatte offenbar keine Lust, ihn so aus dem noch nicht wirklich begonnenen Dialog zu entlassen.

„Sie arbeiten in der Nähe?"

Er nickte wieder. „Versicherung", sagte er.

„Wogegen versichern Sie denn?"

Er blickte kurz auf seine Uhr, ließ dann den Bissen auf seiner Gabel, die sich schon kurz vor seinem Mund befand, wieder zurück auf den Teller sinken.

„Gegen alles", sagte er knapp, „gegen alles Erdenkliche." Er führte die Gabel wieder zum Mund, ganz schnell, als habe er Angst, ein weiteres mal unterbrochen zu werden und schob sich das Essen in den Rachen.

„Nichts ist wichtiger als Sicherheit", fügte er mit vollem Mund hinzu.

„Versichern Sie auch gegen den Tod?" fragte Slim.

Der Versicherungsfritze sah erst Slim, dann mich mit großen Augen an, seine Sprechorgane verformten sich, als wollte er etwas sagen, *Lebensversicherung* vielleicht, doch aus seinem Mund drangen nur unartikulierte, gepresste Laute, sein Gesicht wurde rot und schwoll an, Blut lief in die Adern seiner Augen.

„Alles in Ordnung" fragte ich stupide, „kann ich Ihnen helfen?" Aber er fuchtelte nur wild abweisend mit seinen Armen um sich herum, als hätte er den Beelzebub leibhaftig gesehen und wollte ihn abwehren.

Und dann kippte er um und rutschte unter den Tisch.

Mehrere Gäste und der Wirt kamen herbei gerannt.

„Was ist los?" fragten sie.

„No idea", sagte Slim, „er ist plötzlich umgekippt. Er scheint sich verschluckt zu haben."

Während der Wirt zum Telefon eilte, um den Krankenwagen zu rufen, zog man den Versicherungsagenten unterm Tisch hervor, schlug ihm zwischen die Schulterblätter auf den Rücken, fühlte seinen Puls, doch sein Herz schlug nicht mehr. Auch die anschließenden Wiederbelebungsversuche blieben erfolglos.

„Bolustod", diagnostizierte der Arzt, „im Volksmund auch Bockwurstbudentod oder Minutentod genannt. Tritt nach dem sogenannten vagalen Reflex ein, durch den es zum reflektorischen Herzstillstand kommt", dozierte er weiter, „es ist eigentlich eine Reizung der Kehlkopfnerven und die führt zu einem Herz-Kreislauf-Stillstand."

Ich war sprachlos vor Entsetzen, blickte unfokussiert geradeaus, regungslos. Dann sah ich zu Slim hinüber. Er wirkte betreten und nachdenklich, aber gefasst, knurrte etwas vor sich hin; ich verstand *Mund* und *voll*.

„Hast du so was schon mal gesehen?" fragte ich ihn rhetorisch, doch das von mir erwartete kopfschüttelnde Nein blieb aus. Ich war irritiert.

Auf meinem Hotelzimmer musste ich mich erst mal von meinem Schock erholen. Ich trank einen Johnny Walker aus der Minibar (leider nur *Red Label*), nahm die oberste meiner 10 CDs aus dem Koffer und legte sie in den Discman.

Während ich Bob Dylans Soundtrack zu dem Western *Pat Garret and Billy the Kid* lauschte, ließ ich die eben erlebte Horrorszene immer wieder an meinem geistigen Auge vorüber ziehen: der entsetzte starre Blick des Versicherungsmenschen, seine letzten Bewegungen, die Rettungsversuche, das Feststellen seines Ablebens. 'Grausam, aber fast schon filmreif', dachte ich und verkniff mir im selben Moment diese unbarmherzigen Gedanken. Und während Dylan krächzend vom Klopfen an die Himmelspforte sang, trat Slims knurrender Kommentar immer deutlicher hervor; hatte er wirklich gesagt: *Man sollte den Mund nicht zu voll nehmen?*

Die folgende Nacht war ein herber Rückschlag für mich.

Seit ich Slim kennengelernt hatte, war ich nur ein einziges Mal von meinem nächtlichen uneingeladenen Gast heimgesucht worden, in jener Nacht allerdings kam mein metaphysischer Fuhrunternehmer gleich mehrmals.

„Komm", sagte er immer wieder, „komm mit mir, ich bin dein Freund." Und dann sah ich diesen Trichter aus Licht, grell und diffus, hellgelb am äußeren Rand, dann in ein stechendes Weiß, schließlich in ein silbriges Grau übergehend; der nächtliche Besucher ging immer weiter in den Trichter hinein, und je weiter er hinein ging, um so stärker hallte sein *Komm, komm ...* und ich war am großen offenen

Ende des Megaphons und konnte mich dem bildlichen und akustischen Sog, dem ich ausweglos ausgeliefert war, unmöglich entziehen, obwohl ich verzweifelt versuchte, der mystisch-magischen Anziehungskraft zu widerstehen, von der ich nicht wusste, höchstens ahnte, wohin sie mich bringen wollte.

Was ich wusste, war nur, dass ich nicht bereit war, mitzu- gehen, obwohl meine Neugier mich fast auffraß.

Noch bevor die Sonne aufgegangen war, hatte ich mich zwei mal unter die Dusche gestellt, um mich mittels warmen Wassers meines kalten Schweißes zu entledigen, doch als ich morgens gegen sieben Uhr die Nachtruhe einer unruhigen Nacht beendet hatte, fühlte sich mein ganzer Körper erneut ekelhaft kalt und klebrig an und ich duschte ein drittes Mal.

Zwei ereignisarme Wochen vergingen. Slim und ich frühstückten gemeinsam im Hotel, zogen uns dann zurück, um uns zur Mittagszeit täglich in jenem Gasthaus zu treffen, wo am Tag unserer Ankunft der Versicherungsvertreter einen plötzlichen und unerwarteten Tod gestorben war. Wir bestellten uns immer das Tagesgericht, weil es verhältnismäßig günstig war und täglich wechselte. Natürlich war dies Slims Begründung, doch ich passte mich ihm an, weil ich seine Überlegenheit und seinen Erfahrungsvorsprung anerkannte und gerne mein

Reise-know-how mit seiner Hilfe perfektionieren wollte. Beim Essen sprachen wir wenig, Slim schien in sich selbst versunken, grübelnd, während ich mich physisch und mental erschöpft fühlte und mir wünschte, mal wieder eine ganze Nacht traumlos durchschlafen zu können.

Die Nachmittage nutzten wir für einige wenige gemeinsame Besichtigungen, meistens trennten sich jedoch unsere Wege und ich spazierte ziellos durch die Stadt, nahm manchmal einen Bus in die nähere Umgebung. Oft machte ich an öffentlichen Plätzen Rast, setzte mich in ein Café oder auf eine Bank und betrachtete die einheimischen Menschen, wie sie ihr Leben lebten, Kinder, die unbeschwert lachten oder herzzerreißend weinten, gut gelaunte und deprimierte Frauen und Männer; viele von denen, die ich beobachtete, zeigten jedoch kaum Gefühlsregungen und gingen apathisch und lethargisch ihrem Tagwerk nach, so, als ob sie auf Schienen führen, deren Weichen sie selbst nicht stellen konnten.

Als ich Slim eines abends beim Johnny Walker von meinen Beobachtungen und Eindrücken erzählte, nickte er nur wissend und meinte:

„Weißt du, die meiste Zeit sind wir weder glücklich noch unglücklich; wir leben unser Leben, wohl wissend, dass es besser sein könnte und intuitiv ahnend, dass es nie so gut sein wird, wie wir es uns wünschen. Also finden wir uns damit ab, denn es gibt nur eine Alternative."

Bert Ron: Nächtlicher Besuch

„Und die wäre?" fragte ich

„Nun, der Tod", erwiderte er trocken frostig.

Viertes Bild

Eine schematisch dargestellte Uhr. Das Zifferblatt stellt die Erdkugel dar. Die zwölf Ziffern sind durch kreisrunde Ikonengesichter dargestellt, vom überglücklichen Smiley auf der Eins bis zum absoluten Anti-Smiley auf der Zwölf.

Es war an der Zeit, die Reise fortzusetzen. Wieder sollten die Würfel entscheiden, wohin die Reise ging. Diesmal jedoch schlug Slim eine andere Variante vor. Erst wurde – wie gehabt – gewürfelt, wie oft gewürfelt werden sollte: der von mir geworfene Würfel zeigte drei Punkte; dann würfelten wir abwechselnd, also zwei mal er, einmal ich, bildeten die Summe – sie ergab zehn, und nahmen den ersten Fernzug, der in eine Stadt fuhr, die mit dem 10. Buchstaben des Alphabets, also mit *J* begann. Es wurde eine lange Reise.

Wir erreichten unseren Zielbahnhof, als die Sonne im Zenit stand. Auf dem Bahnsteig liefen Menschen geschäftig hin und her, ein Gewusel aus Menschen in dünner, heller Kleidung, barfuß oder in einfachen Sandalen. Die Händler boten Obst und Getränke feil (auch hier hatte die globalisierte Wirtschaft schon die unvermeidlichen Marken-Softdrinks etablieren können), hatten aber auch Süßigkeiten und

Zigaretten in ihrem Sortiment, das sie im Bauchladen vor sich trugen. Bettlerinnen, die in einer anderen Sprache, jedoch im universal gleichen, eintönig lamentierenden Tonfall ihr Leid klagten, um Mitleid in Form von Spenden zu erheischen; und Kinder, denen sicher niemand erlaubt hatte, hier zu spielen, die aber die Freiheit genossen, die, so mutmaßte ich, aus einer Mischung aus Armut und Vernachlässigung resultierte.

Als wir ausstiegen, wurden wir von einer Gruppe Sechs- bis Zehnjähriger umzingelt; sie hielten ihre Hände auf und riefen „Mister, Mister", doch uns stand der Sinn nicht nach Wohltaten, sondern nach einer Dusche im Hotel und wir wehrten sie mit bösen Blicken und derben Worten ab und schoben sie beiseite.

Slim war ein echter Reiseprofi; alle üblichen Tricks mit dem Ziel, Touristen um Teile ihres Besitzes zu erleichtern, perlten an ihm ab wie Wassertropfen auf frisch gewachstem Autolack. Noch bevor wir den Bahnhof verlassen hatten, hatte er von einem Bahnhofbediensteten, einem Passanten und einem circa zwölfjährigen Jungen Informationen bezüglich der Taxi-Preise zum Rathaus eingeholt. Der Junge hatte keine Ahnung, fragte aber seinerseits bei einem seriös aussehenden Herren mit Aktenkoffer nach und kam mit der preisgünstigsten Auskunft zurück, woraufhin Slim ihn mit einem halben US-Dollar belohnte.

So bestimmt, wie mein Reisegefährte dann im Taxi

auftrat, zweifelte der Fahrer nicht daran, dass wir uns hier auskannten; schließlich gab Slim ihm etwas mehr als den von dem jungen genannten Preis (in US$) und rief damit bei dem Chauffeur ein zufriedenes Lächeln hervor.

Das Hotel war billig, wir nahmen eine Suite, die aus zwei getrennten Zimmern mit einem gemeinsamen Bad bestand und verabredeten uns für den Abend in der Lounge.

„Je dritter die Welt, um so erster die Klasse", begrüßte ich Slim am Abend in der Lounge-Bar, nachdem ich die Speise- und Getränkekarte intensiv studiert hatte, „hier lässt sich's leben. Luxus für unsere Geldbeutel. - Wenn's denn so mundet, wie es sich liest."

„Yes, es gibt Johnny Walker", lächelte er, eher schelmisch als maliziös, „sogar den Black Label." Und hatte schon zwei bestellt.

Die fruchtige Vorspeise war extravagant, das Hauptgericht – bestehend aus Lammfleisch (medium) und knackig-scharfem Gemüse exotisch und einfach nur köstlich, der abschließende Kaffee stark und schwarz, perfekt für mich. Mir wurde bewusst, wie sich Slims und meine Essgewohnheiten doch ähnelten und ich fragte mich, in wie fern sein Geschmack mich schon beeinflusst hatte.

Unser anschließender Spaziergang durch die Innenstadt offenbarte die enorme Diskrepanz zwischen Arm und Reich, die in diesem Land zweifellos herrschte. Slim zeigte sich davon wenig beeindruckt, und auch ich sagte mir nur *C'est la vie* und *That's just the way it is, some things will never change* (ich erinnerte mich an ein Lied mit diesem Text) und konnte mein Herz nicht altruistisch für die leidenden Einheimischen erwärmen. Meine diesbezüglichen leicht zynischen Kommentare ‚Arme Socken!' und ‚Ach nein, Socken können die sich ja gar nicht leisten!' quittierte Slim nur mit einem Schmunzeln und mir fiel auf, wie seine perfekte weiße Zahnreihe mit seinen fast schon leuchtend schwarzen Augen kontrastierte.

Wie oft hatte ich schon über ihn nachgedacht, wie viele Stunden, bewusst und unbewusst, wie viele Rätsel hatte er mir aufgegeben, wie hatte er es geschafft, sich meinem doch sonst so klar-analytischen Geist zu entziehen, warum konnte ich mein merkwürdig widersprüchliches Verhältnis zu ihm nicht klären, warum fiel es mir so schwer, es auch nur in Worte zu fassen?

„Pass auf!" unterbrach er meinen Gedankenfluss und zog mich zu sich hin, um mir den Tritt in einen Kuhfladen zu ersparen. Ich antwortete mit einem dankbaren Lächeln.

Was war er für mich, was war ich für ihn? Respektierten wir uns? Vermutlich schon. Mochten wir uns? Schwierige Frage. Ich wusste weder, wie er zu mir stand, noch konnte ich sagen, was genau ich von ihm hielt. Faszination, ja, aber was noch? Was verband uns? Das Reisen? Was daran? Warum reisten wir zusammen, abgesehen von der Komplementarität von Know-how und Weltgewandtheit auf seiner und Geld auf meiner Seite?

Unsere gemeinsame Unternehmung blieb ein Geheimnis für mich, doch dieses Geheimnis beseelte mich und ich scheute mich davor, den Versuch zu unternehmen, es zu lüften, aus Angst, den verborgenen Zauber unserer gemeinsamen Reise zu zerstören.

Es war heiß. Die Sonne brannte auf mein Gehirn und verlangsamte seine Funktionen, ich fühlte mich uninspiriert, so als ob die Hitze mir meine Entscheidungsfreiheit, meine grüblerischen philosophischen Gedanken genommen hätte und meine Gliedmaßen nur die zur Bewegung und Fortbewegung absolut nötigen Impulse erhielten. Ich kam mir fremd bestimmt vor, so wie Mersault, der Fremde in Camus' *L'Etranger*, der sich in einer vergleichbaren, wenn auch wesentlich extremeren Lage zur Tötung eines Menschen hatte hinreißen lassen.

Slim schien es ähnlich zu gehen. Er trottete stumm neben mir her, vermutlich wie ich selbst leicht sediert von dem doppelten Johnny Walker und dem roten Wein, von dem wir uns eine Karaffe zum Essen bestellt hatten; aber eben auch unter dem Eindruck dieser dumpfen, träge machenden südlichen Hitze.

So quälten wir uns im Niedrigenergiemodus durch

Straßen und über Plätze, betrachteten wahllos alles um uns herum, Gebäude, Schilder, Bäume und Pflanzen, Tiere und Menschen, ich ließ alles auf mich wirken, nicht aus Überzeugung, sondern aus Trägheit.

Die meisten Leute, die wir sahen, schienen sich mit dem Klima arrangiert zu haben, gemach und fast aufreizend lässig schoben sie sich über Staub und Asphalt, bewegten sich mit einer Langsamkeit und Nonchalance, die ich als sehr ästhetisch und bei einigen Frauen auch als hocherotisch empfand. Dabei wurde mir bewusst, dass unsere Reise ebenso wie ihre Art sich zu bewegen nicht der strengen Reglementierung eines straffen Zeitmanagements unterworfen war.

„Es ist schön, Zeit zu haben", sagte ich also intuitiv zu Slim und ging dabei davon aus, dass er just in diesem Augenblick ähnlich empfand.

Dem war nicht so.

„Florian", sagte er in jenem leidenden, angeödeten Tonfall, der mir unmissverständlich klar machte, was für ein dilettantisches Greenhorn ich doch war, „wir haben keine Zeit, wir besitzen sie nicht! Zeit ist da, ob wir wollen oder nicht. Wenn wir Glück haben, können wir in einem bestimmten begrenzten Maße darüber verfügen, wie wir sie nutzen. Weiter nichts."

Da war er wieder, dieser Philosoph mit seiner eigenen Variante vom Existentialismus.

„Und am Ende", fügte er süffisant und mit einer abgeklärten Überlegenheit hinzu, die mich zugleich anzog und abstieß, „am Ende steht das Ende, der Tod."

Er hatte meine Lebensgeister erweckt und ich fragte listig: „Und dann?"

„Nichts dann! Es ist nichts am anderen Ufer des Jordan, zumindest nichts, was wir uns vorstellen können."

„Keine Aussicht, keine Hoffnung, keine Illusion?"

Er schüttelte so selbstsicher und weise den Kopf, als wäre er schon mal da gewesen.

„No way", sagte er mit einem Achselzucken, „zumindest nichts, was wir uns vorstellen können."

„Nun ja", warf ich ein, „die meisten Menschen stellen sich doch was vor."

„Reiner Selbstbetrug. Die große kulturübergreifende Leidenschaft der Menschheit, besonders jenem Teil davon, der sich selbst als religiös bezeichnet."

„Und du", fragte ich, „woran glaubst du?"

Wieder sah ich dieses kühle, nein kalte unselige Grinsen in seinem Gesicht.

„Die meisten Menschen" - er sah mich ernst an - „geben sich Illusionen hin, um glücklich zu werden. Ich finde das kindisch. Und deshalb suche ich nicht nach dem Glück wie die da" - er beschrieb mit seinen Armen einen Halbkreis, meinte aber wohl den Großteil der Menschheit. „Ich komme auch so klar."

Auch wenn mir sein Gehabe arrogant und selbstherrlich vorkam, so konnte ich mich dennoch nicht der mir einleuchtenden Logik in der Argumentation dieses zynischen Misanthropen entziehen. Auch ich fühlte eine zunehmende Diskrepanz zwischen jenen lächerlichen, armseligen Kreaturen um mich herum und Leuten, wie Slim und ich sie waren. Bei diesem eitlen Gedanken wurde mir klar, wie sehr er mich schon zu sich hinüber gezogen hatte, wie sehr ich ihn schon als meinen Meister betrachtete, den ich begleiten durfte, um von ihm zu lernen.

Ein mulmiges Gefühl beschlich mich, doch es war gepaart mit Stolz und als ich um mich sah, fiel mir auf, was wir beide doch schon allein vom Äußeren her für extravagante Individuen waren; niemand außer uns war schlicht-elegant und dunkel gekleidet. Wir waren besonders, erhaben. Diese Vorstellung schmeichelte mir.

Wir gingen schweigend nebeneinander her.
„Noch einen Drink an der Hotelbar?"
Ich nickte.
Der Portier in seinem Livree begrüßte uns, als wäre er uns schon seit Jahren zu Diensten gewesen, und fragte, was er für uns tun könnte, doch wir ließen ihn ohne Worte und Trinkgeld stehen, ich lächelte ihm nur kurz kopfnickend zu.
Der *Black Label* war auf seinem Weg ins Glas, als ein geschäftiger Anzugträger mit Schweißtropfen auf der Stirn sich neben uns an die Bar stellte und wütend mit dem Barkeeper in einem uns nicht bekannten Idiom sprach, dann stampfend abdampfte, offensichtlich unzufrieden ob der Information, die er

erhalten hatte. Wir blickten ihm fragend nach.

„Was wollte er ?" fragte Slim den Barkeeper in feinstem Oxford-Englisch.

„Er muss dringend in die Hauptstadt, hat aber sein Flugzeug verpasst und weiß jetzt nicht, wann das nächste geht. Die Telefonverbindung zum Flughafen ist dauernd besetzt und unser Hotelcomputer hat heute keine Verbindung ins Internet."

„Vielleicht kann ich da helfen", bot sich Slim an und sein Mund brachte ein Lächeln zustande, obwohl seine Augen stechend düster waren.

„Na, dann tu es", ermunterte ich ihn, „los, go ahead." Er zog ein peschschwarzes Smartphone aus seiner Tasche, von dessen Existenz ich bis dato keinerlei Kenntnis hatte. Perplex verfolgte ich, wie gewandt er über das Display strich, den Touchscreen bediente, als sei er ein *Digital Native*, die aufgerufenen Internetseiten nach Bedarf vergrößerte und virtuos einhändig dem Computer-Telefon die notwendigen Befehle erteilte.

„Wenn er sich beeilt", sagte er schließlich trocken, „bekommt er das 23:40 Uhr-Flugzeug noch, das Gate schließt in einer Stunde."

„Sie haben wohl eine besondere App?" fragte der Barkeeper freudig überrascht, „soll ich ihn rufen?"

„Sure", antwortete Slim lässig.

Nur wenige Minuten später ruderte der Anzugträger mit hochrotem Kopf auf uns zu, streckte uns seine Visitenkarte entgegen und rauschte mit einem

„Thanks gentlemen" an uns vorbei durch den Ausgang, vor dem bereits ein Taxi auf ihn wartete.
„Er wird sein Flugzeug erreichen", kommentierte ich mit einem Blick auf meine Uhr.
„No doubt.", stimmte Slim zu und zufrieden stießen wir mit dem großzügig eingeschenkten Whisky an, den der Barkeeper uns für Slims Hilfsbereitschaft ausgegeben hatte.

„Ich wusste bisher gar nicht, dass du so ein smartes Handy hast", sagte ich zu meinem Begleiter, „ich wusste noch nicht mal, dass du überhaupt eins besitzt."
„You know", hob er zu einem weiteren seiner philosophischen Diskurse an; „mit der Technik ist es wie mit der Zeit: es kommt darauf an, wie man sie nutzt. In dieser Hinsicht muss unser Businessman" - er wedelte mit der Visitenkarte - „sicher noch viel lernen."
„Inwiefern?"
„Nun", fragte er mich, „was hast du in seinem Gesicht gesehen? Was hat es ausgedrückt?"
„Stress, Hektik", antwortete ich kurz.
„Right, und woher kommen dieser Stress und diese Hektik?"
„Zeitmangel?" schlug ich vor.
„Come on, Florian, denk nach." Er blickte mich gequält an.
„Okay", revidierte ich, nachdem mir eingefallen war, dass man Zeit ja nicht besitzen konnte, „falsches

Zeitmanagement?"

„Right." Der Maestro lobte seinen Eleven und der tat artig mimische Freude kund.

„Es gibt zwei Gründe für seine Unfähigkeit, vernünftig mit der ihm zur Verfügung stehenden Zeit umzugehen."

Er schwieg einen Moment, um sich meiner vollen Aufmerksamkeit zu vergewissern und seinen nun folgenden Ausführungen zusätzliches Gewicht zu verleihen.

„Erstens: Er weiß nicht, welche Technik nötig ist, um auf die Geschwindigkeitssteigerung der modernen Gesellschaft angemessen reagieren zu können und zweitens: er hat Angst."

„Angst wovor?"

„Well, Angst, nicht mithalten zu können in diesem *rat race*; dieser Typ wird immer hechelnd hinterher rennen, auch wenn er heute seinen Flieger noch erreicht. Das wird bei ihm nicht zu einer dauerhaften Ausschüttung von Glückshormonen führen."

Durch die Barlautsprecher wurden wir mit John Denver's *Leaving on a Jet Plane* berieselt. Ich wurde nachdenklich.

„War es dann überhaupt richtig, ihn noch rechtzeitig zum Flughafen zu lotsen?" fragte ich gefühlte fünf Minuten später.

Slim zuckte gleichgültig mit den Achseln: „Er wollte es so."

Eine Stunde später lag ich auf meinem Bett und

hörte mir Pink Floyds *Dark Side of the Moon* über meinen Discman an: eingängige, eindringliche Lieder mit Texten über Zeit und Geld, Liebe, Schmerz und Ängste.

Ich schlief ein, und als ich am nächsten Morgen aufwachte, wollte ich mich gar nicht so recht von meinem Traum verabschieden, wollte an ihm festhalten, so gefiel er mir. Doch lautes Gehupe und Geschreie von der Straße ließen ihn mir aus dem Gedächtnis entgleiten.

‚Schade', dachte ich und konzentrierte mich so stark ich konnte, doch alles, was ich noch aus meinem Unterbewusstsein hervorrufen konnte, war ein Bild von mir in einem schwarzen Gewand; ich stand aufrecht da und zeigte in eine bestimmte Richtung schräg nach unten und viele kleinere Gestalten mit gesenkten Köpfen trotteten in eben jene Richtung.

Ich schaltete den Fernseher ein, schon längst hatte die Sendezeit begonnen. Die altmodische Bildröhrenkiste war hier ein Begleiter über den ganzen Tag, in jedem Hotel, jeder Gaststätte, jedem Café lief die Glotze von morgens bis abends, als ob man sich damit beweisen wollte, dass man auch in dieser ärmlichen Region nicht von der Zivilisation abgekoppelt sei. Vielleicht war die Botschaft aber auch nur: es ist Strom da.

Wie üblich um diese Tageszeit liefen Nachrichten. Kriegshandlungen im Nahen Osten, Berichte über einen korrupten amerikanischen Politiker, Sports

News – das Übliche.

Und dann folgte die Meldung des Tages, die ich zuvor wohl verpasst haben musste: das Flugzeug, das am Vorabend um 23:40 Uhr vom hiesigen Airport in die Hauptstadt fliegen sollte, war abgestürzt und alle Insassen waren dabei ums Leben gekommen. Ich war bestürzt. Mir war klar: der Anzugträger war unter den Toten. Und wir, also vor allem natürlich Slim, hatten indirekt zu seinem Tod beigetragen, indem wir ihm gaben, was er wollte. Mein Magen verkrampfte sich, ein mich ersticken wollender Druck lastete auf meiner Brust, mein Hals schnürte sich zu, während meine Gesichtszüge, so fühlte ich, regungslos und verkniffen dem nicht arbeiten wollenden Gehirn gehorchten, das dennoch verwirrte Double-Bind-Botschaften diffus an alle Organe entsandte, ohne in der Lage zu sein, das Geschehene kognitiv erfassen, einordnen und bewerten zu können.

Als ich Slim beim Frühstück traf, wusste er bereits davon.

„C'est la vie", übernahm er zynisch meine übliche Wortwahl und sein tiefschwarzer Humor nötigte mir ein kurzes Auflachen ab, das ich wohl zurückhalten wollte, da ich mir über die Menschenfeindlichkeit dieser Reaktion im Klaren war, doch die Impulskontrolle gelang mir nur bedingt, und wenn ich ehrlich war, musste ich zugeben, dass ich zwar gelernt hatte, wann es sich gehörte, *aufrichtiges*

Bedauern zu zeigen, dass mich jedoch das Schicksal der mir unbekannten Insassen dieses Flugzeugs komplett kalt ließ. Was mich bestürzte, war dieser merkwürdige Zufall, dass an unserem zweiten Reisestopp nun schon zum zweiten Mal ein Mensch von Slim (und auch von mir?) schuldlos verursacht ums Leben gekommen war.

Welch merkwürdige Koinzidenz. Oder war es mehr als das? Vielleicht etwas, was wir beide in diesem Moment noch gar nicht begreifen konnten, zumindest ich nicht. Waren wir so eine Art Todesengel?

Slim wirkte ruhig, aber auch nachdenklich. Er betrachtete die einheimischen Hotelgäste, die erregt, ja aufgewühlt, gar fassungslos zu begreifen versuchten, was da geschehen war, nämlich, dass mehr als 100 Menschen, Unbekannte, Bekannte, Freunde, Familie anscheinend durch einen Pilotenfehler mit ihrem Flugzeug abgestürzt und gegen einen Berg geprallt waren, was eine weithin hör- und sichtbare Explosion ausgelöst hatte.

„Was denkst du?" fragte ich ihn etwas hilflos.

„Shit happens", meinte er, konnte jedoch auch mit diesem lakonischen Kommentar nicht seine grüblerische Stimmung vor mir verbergen, wenn er sich mir auch nicht offenbarte.

Also schwiegen wir, aßen unser Frühstück und tranken wundervoll aromatisierten Tee, während es in unserer Umgebung immer wieder verzweifelte Schreie gab, lautes Heulen und Schluchzen von Frauen und Männern, denen die Gesichtszüge unter der Last der schweren Verlust entglitten und die den Eindruck erweckten, als könnte es nie wieder Sinn in ihrem Leben geben.

„Hast du zuweilen Angst vor dem Tod?" versuchte ich den Gesprächsfaden wieder anzuknüpfen.

„Selten", sagte er, „eigentlich nur dann, wenn es mir in gefährlichen oder potentiell gefährlichen Situationen nicht gelingt, die Gefahr für mich auszublenden."

„Und was sind das für Situationen, in denen dir das nicht gelingt?"

„Well" - er gönnte sich eine Denkpause - „das sind Situationen, in denen mein rationales Denken die Kontrolle über meine emotionale Seite verliert – if you know what I mean."

„Not really", sagte ich nach einer kurzen Weile, seinen Akzent imitierend, „gib mir doch mal ein Beispiel."

„Alright. Du hast bestimmt schon gemerkt, dass ich es nicht besonders mag, die Dinge, die mit mir passieren, nicht in meiner Hand zu haben. Das ist einer der Gründe, warum ich nie mit dem Flugzeug reise. Da fühle ich mich machtlos, hänge von tausend Gegebenheiten ab, die ich nicht oder kaum beeinflussen kann, Pilot, Technik, Wetter. Wenn ich mir dann Turbulenzen auch nur vorstelle, dann fürchte ich mich, bekomme Panikattacken, echte Sterbensangst. Also genau genommen habe ich keine Angst vor dem Tod, der ist nichts, den kann ich mir nicht vorstellen, das Leid des Sterbens jedoch, das ist was anderes."

„Aha", meinte ich nur, in diesem Moment völlig unfähig, seinen Ausführungen beizupflichten oder ihnen zu widersprechen, „mmh – okay."

Am Nachmittag beschloss ich, mit irgend einem Nahverkehrsbus die Stadt zu verlassen und ein paar Stunden lang meinen Gedanken in freier Natur Raum zur Ausdehnung zu geben.

Die Haltestelle, an der ich ausstieg, bestand aus einem entsprechenden Schild und einer primitiven hölzernen Bank. Weit und breit kaum Anzeichen von Zivilisation außer ein paar Papierschnipseln, einer leeren Plastikflasche und einer zerdrückten rostigen Coladose. Hier war ich richtig. Ich ging los.

Bald verließ ich die Straße mit den zwei Teerstreifen, eine *Double Strip Road*, wie die Einheimischen auf Englisch sagten und setzte meinen Weg über eine Staubstraße fort, die allem Anschein nach kaum oder gar nicht von motorisierten Fahrzeugen befahren wurde, so uneben war sie, auch Reifenspuren waren nicht zu sehen, dafür jedoch Abdrücke von Paarhufern und vereinzelte tennisballgroße polymorphe Steine. Recht und links des Weges standen trockene, dornige Büsche, einige Agaven und Kakteen hoben sich farblich etwas stärker von dem vorherrschenden Ockergelb der Trockensavanne ab. Höher als die Büsche waren die Termitenhügel und ich versuchte mir vorzustellen, was für ein wuseliges Leben im Innern dieser Bauten vor sich ging, während rein äußerlich nichts auf tierische Aktivitäten hindeutete. Ich mochte derartige Insekten nicht. Einzeln dumm und wertlos, in großen Staatengemeinschaften jedoch noch strenger hierarchisch organisiert als beispielsweise das traditionelle Kastensystem Indiens und dadurch funktionsfähig und in gewisser Weise klug, symbolisierten sie für mich die Reduzierung des Individuums auf eine Funktion; dergleichen war für einen Einzelkämpfer wie mich, dem es wichtig war, seinen eigenen Weg zu gehen, völlig inakzeptabel.

So trottete ich eine Weile mechanisch durch die glühende Hitze und ließ meinen Gedanken freien Lauf, und die Gedanken profitierten von dieser Freiheit, indem sie ungeordnet und planlos durch Vergangenheit, Gegenwart und Zukunft flogen, nur kurz bei einem Thema verweilten, um dann unvermittelt zu einem ganz neuen zu gelangen.

Ich dachte selbstzufrieden an Nessen, den ich praktisch entlassen hatte, fragte mich dann, was ich heute Abend essen würde, dachte an Slim und seinen Gesichtsausdruck nach dem Tod des Versicherungsvertreters; dabei fiel mir auf, dass ich beim Frühstück, nachdem ich ihn auf das Flugzeugunglück angesprochen hatte, einen ähnlichen Blick, eine ähnliche Mimik gesehen zu haben glaubte. Sein Ausdruck hatte Eindruck bei mir hinterlassen, die Deutung aber gelang mir nicht.

Während meine Gedanken gerade sphärisch um Raum, Zeit, Weite und Langsamkeit kreisten, riss eine rasche und hektische Bewegung vor meinen Füßen mich ins Hier und Jetzt zurück. Es hätte nicht viel gefehlt und ich wäre auf eine Schlange getreten, die farblich perfekt getarnt vor mir gelegen hatte, von meinen Schritten aufgeschreckt worden war und sich nun erstaunlich schnell aus dem Staub machte.

Ich hielt inne und ließ meinen Blick in einem Halbkreis über die vor mir liegende trostlose Landschaft schweifen, bis ich in einiger Entfernung einen toten Baum mit nur noch zwei dürren Ästen sah, deren kleinerer wie der Stundenzeiger einer Uhr auf die Zehn, während der Minutenzeiger halbwegs symmetrisch auf die Zwei zeigte. Und auf diesem größeren Ast saß ein Geier und drehte majestätisch hin und wieder den Kopf, als wolle er das ganze weite Land beobachtend kontrollieren und sagen: „Alles meins."

Der Vogel faszinierte mich. Nicht schön, aber groß, stolz, mächtig, ein guter Flieger mit scharfem Auge, und der Beobachtungsposten, den er sich ausgesucht hatte, passte perfekt zu dem morbiden Charme vergangenen Lebens.

‚Wenn ich ein Tier wäre', so dachte ich mir, ‚dann wäre ich am liebsten ein Geier.'

Was wohl ein Psychologe dazu sagen würde? Ach, es sollte mir egal sein.

Ich blieb noch lange stehen, um mir das Bild des Geiers auf dem toten Baum möglichst genau einzuprägen, doch irgendwann wurde es mir zu heiß und ich hatte kaum noch Wasser, also machte ich mich auf den Rückweg.

In meinem Hotelzimmer angekommen, fühlte ich mich inspiriert und begann, eine Geschichte zu schreiben. Ein Titel war mir bereits eingefallen. Und so ließ ich meine Gedanken in Form von Tinte aufs Papier fließen.

Der Talisman

Es war einmal ein Junge, der hieß Max und wohnte mit seinen Eltern und seiner Schwester Viola glücklich und zufrieden in einem fernen Land auf einer schönen grünen Insel. Sein Vater Michel arbeitete als Fischer und brachte täglich frischen Fisch mit nach Hause, seine Mutter Sarah war Gärtnerin und in ihrem Garten gab es eine Fülle von Früchten und verschiedenen Gemüsesorten, so dass es ihnen an nichts fehlte. Sie wohnten in einem kleinen Haus unweit des Meeres, eine halbe Stunde Fußweg von der nächsten Stadt entfernt.

Eines sonnigen Junimorgens sagte Sarah zu ihrem Sohn, der gerade sechs Jahre alt geworden war: „Hör zu, Max. Ich muss in die Stadt, Besorgungen machen. Pass du auf Viola auf, das Wetter ist schön, ihr könnt ja ins Meer baden gehen."

Max fühlte ein Unbehagen, denn er wusste, dass die kleine Viola, die nur knapp zwei Jahre jünger war als er selbst, zwar liebreizend-süß, aber auch ein wildes, ungezügeltes Mädchen war. Doch wollte er seine

Mama nicht enttäuschen und versprach, alles so zu tun, wie sie ihn geheißen hatte.

Kaum hatte ihre Mutter sich auf den Weg gemacht, da lief Viola auch schon los: „Hurra, wir dürfen ans Meer!"

„So warte doch", rief Max ihr hinterher, aber sie rannte unaufhaltsam und ohne nach links oder rechts zu gucken zum Wasser hin. Max eilte ihr nach, sah, wie sie die Straße hinter einer Kurve überquerte und von einer Pferdekutsche erfasst wurde. Viola war sofort tot. Max fand keine Worte und blieb stundenlang in Schockstarre. Erst am Abend brach es aus ihm heraus und er heulte zehn Stunden am Stück, bis er keine Tränen mehr hatte.

Auch seine Eltern waren sehr sehr traurig und konnten ihr Unglück gar nicht fassen, erst nach Tagen begannen sie, Max nach den genauen Umständen des Todes ihrer geliebten Tochter zu befragen. Sie machten ihm keine Vorwürfe, aber Max glaubte dennoch, dass sie ihm die Schuld an Violas Tod gaben.

Nachdem er drei Monate lang jede Nacht die Unglücksbilder in seinen Träumen gesehen und wie im Fieber fantasiert hatte, schenkte sein Vater ihm einen Traumfänger, ein Netz in einem Weidenreifen, mit schönen Federn und bunten Perlen. Dieser würde, so erzählte Michel dem Jungen, die bösen Träume von ihm fernhalten und er könnte wieder ruhig schlafen; nur die schönen Träume kämen durch.

Doch das Kultobjekt wirkte nicht. Nach einer Woche klebte Max die Rückseite des Traumfängers mit Pappe zu; vielleicht kämen ja so gar keine Träume mehr durch.

Als auch das nicht funktionierte, nahm Max zornig eine Schere und zerschnitt das verfluchte Ding in ganz kleine Teile, die er dann einfach ins Kaminfeuer warf.

Nun war der Traumfänger weg, doch die Albträume blieben.

Max' Mutter Sarah wurde jeden Tag trauriger, sie sprach wenig und weinte viel, und eines Morgens war sie einfach weg und kam nicht wieder.

Max fragte seinen Papa, wo Mama denn sei, doch der antwortete nur tieftraurig, sie sei bei Viola.

Nun musste Max viel arbeiten, er machte den Garten und kümmerte sich um den Haushalt, das lenkte ihn ein wenig von seinem Leid ab. Doch die Bilder jenes unheilvollen Morgens kehrten immer wieder zurück.

Michel konnte es nicht ertragen, seinen Sohn so leiden zu sehen. Er musste Hilfe holen. Also ging er an einem Sonntagmorgen über den grünen Hügel zu dem schlichten Holzhaus, in dem Wally wohnte, eine steinalte Frau mit langem, weißen Haar, von der es hieß, sie habe magische Kräfte.

Wally schien den traurigen Fischer schon erwartet zu haben.

„Da kommst du ja endlich", sagte sie zur Begrüßung, „es wird auch Zeit."

Sie gab ihm ein Amulett, das aus einer silbernen

Kette bestand, an der eine winzige Dose hing. Als sie diese öffnete, kamen drei blassrosa-farbene Blütenblätter zum Vorschein.

„Das sind die Blütenhüllblätter der Herbstzeitlosen", erklärte Wally, „da ist ein giftiges Alkaloid drin. Das weist alle bösen Kräfte ab. Mit diesem Amulett um den Hals wird dein Sohn keine Albträume mehr haben."

Michel bedankte sich, obwohl er dem geheimnisvollen Spuk misstraute.

Doch er hatte nichts zu verlieren und so ging Max an jenem Abend mit einer Kette um den Hals ins Bett, an der ein blechernes Döschen hing.

Und siehe da: von nun an gehörten die schlimmen Traumbilder der Vergangenheit an.

Max blieb jedoch ein trauriges Kind. Er war fleißig und eifrig, galt aber als mundfaul und verschlossen und hatte darum keine Freunde.

Er wuchs zu einem stattlichen jungen Mann heran, der nun mit seinem Vater jeden Morgen in aller Frühe die Netze auswarf und noch vor der Mittagszeit ihren Fang am Fischmarkt der Stadt verkaufte. Mehr schlecht als recht kamen sie damit über die Runden.

Eines Tages, es war am Michaelistag, dem 29. September, sprach Michel zu seinem Sohn: „Junge, heute ist Erntedankfest. Lass uns in die Stadt gehen und feiern."

Max wollte zunächst nicht mit, doch der Vater blieb hartnäckig und Max ließ sich schließlich überreden.

Am Marktplatz herrschte buntes Treiben. Eine Kapelle

spielte beschwingte Musik, es wurde getanzt und gelacht, gegessen und getrunken. Nur eine junge Frau von überwältigender Schönheit saß alleine etwas abseits und lehnte wie Max alle Aufforderungen zum Tanze ab.
Max beobachtete die Schöne eine ganze Weile, konnte sich aber keinen Reim auf ihr Verhalten machen.
Überwältigt von seiner Neugier, fasste er sich schließlich ein Herz und sprach sie an.
„Warum tanzt du nicht wie alle anderen?"
*„Wie **fast** alle anderen", korrigierte sie ihn, „dich hab' ich auch noch nicht tanzen sehen."*
„Ich kann nicht tanzen", meinte Max.
„Ich auch nicht, ich leide an Amusie."
„An was?"
„Amusie, das ist so was wie Farbenblindheit für Töne. Wenn andere Musik hören, dann höre ich nur Lärm, Scheppern, Klappern."
„Ach, deswegen sitzt du so weit abseits."
„Genau. Und du?"
„Ich brauche keine Musik, mir reicht das Meeresrauschen."
„Dann lass uns zum Meer gehen."
„Gerne", sagte Max und lächelte nach langer Zeit zum ersten Mal wieder.
Sie hieß Julia.
„Lass uns baden, Max."
Sie zogen sich aus.
„Und was hast du da um den Hals hängen?"

wunderte sich Julia.
„Ein Amulett", erklärte Max, „es hält die bösen Geister von mir ab."
Julia bückte sich, hob einen glatt gewaschenen herzförmigen Stein auf und drückte ihn Max in die Hand.
„Ein Amulett reicht aber nicht, du brauchst auch einen Talisman, der die guten Geister anzieht."
Ihr Kuss war der Anfang einer langen, romantischen Geschichte.

Beim Abendessen war Slim noch immer sehr wortkarg, winkte jedoch ab und sagte nur *„Alles okay",* als ich mich nach seinem Befinden erkundigte.
Ich blieb hartnäckig. „Mit dir stimmt was nicht. Komm sag' schon, was ist los?"
„Ach nichts. Ich denke halt über diese merkwürdigen Zufälle nach. Egal, wo ich hinkomme – überall sterben Menschen. Rein stochastisch gesehen ist das vollkommen unmöglich."
„Ich bin mir sehr sicher, dass das Leben sich weder für Stochastik interessiert noch Statistiken und Wahrscheinlichkeitstheorien folgt."
„Trotzdem: es ist merkwürdig und für mich ist es zutiefst unbefriedigend, Dinge, die passieren, nicht erklären zu können." Er drehte sich eine *Schwarzer*

Krauser.

„Was willst du? Bolustod, ein Fehler des Piloten, die Ursachen sind klar und die tragischen Folgen kennen wir."

„Aber warum es immer in unserer Anwesenheit zu solchen Katastrophen kommt, das möchte ich wissen."

„Merkwürdige Zufälle halt." Obwohl ich bereits ähnliche Gedanken gehabt hatte, zuckte ich mit den Achseln, im Inneren verunsichert, nicht durch Slims Grübeln, sondern durch seine erstaunliche Antwortlosigkeit. Natürlich beschäftigte auch mich das Thema. Und klar, auch ich dachte über das Unerklärliche nach und fragte mich wie Faust, was wohl diese *Welt im Innersten zusammenhält*. Dabei war mir völlig klar, dass das, was – auch von mir – als unerklärlich bezeichnet wurde, nur **für mich** oder eventuell für uns Menschen im allgemeinen, eventuell auch nur zum jetzigen Zeitpunkt unerklärlich war. Ich war überzeugt, dass das Universum auf dem Prinzip von Ursache und Wirkung beruhte, wobei dieses Prinzip natürlich nicht auf der Ebene linearer Eindeutigkeit, sondern multidimensional komplex funktionierte. Und selbst die klügsten Köpfe, also diejenigen, die die Wissenschaften des Geistes und der Natur mit Hilfe der Mathematik zu erklären suchten, mussten notwendigerweise an einer bestimmten Grenze scheitern; mochten sie auch ehrgeizig und mit komplizierten Worten und Formeln bemüht sein, in

Strukturen von Zeit und Raum jenseits von Chronologie und Grenzen der Ausdehnung der Weltformel näher zu kommen, so waren sie doch zum Scheitern verurteilt, denn **eine** Grenze konnte niemand überqueren: die kognitive und imaginative Grenze unseres Gehirns. Wir waren einfach beschränkt.

Trotzdem ließ ich meiner Fantasie freien Lauf und versuchte mir vorzustellen, wie eine übergeordnete Macht oder Energie die Fäden der Welt in der Hand hielt und alles und jeden wie Marionetten am Fadenkreuz lenkte. Und bei der Vorstellung der Hand wurde mir dann klar, wie jämmerlich meine Vorstellungskraft sich doch an Klischees aus Kindergartentagen klammerte, wie sehr mein Denken mit meiner persönlichen Sozialisation verwurzelt war und wie wenig es mit der Wirklichkeit zu tun hatte, die ich nicht mal erahnen konnte und stattdessen durch meine eigenen Wahrheiten ersetzte, die mir als Trost und geistige Selbstbefriedigung dienten.

Was waren wir Menschen doch für elende Geschöpfe, erbärmlich in unserer narzisstischen Selbstüberschätzung als Krone der Schöpfung, ohne Ahnung, woher wir kamen, wer wir waren und wohin wir gingen. Ich spürte deutlich meine Verachtung und wie Übelkeit aus meiner Magengegend bis in meinen Kopf hoch stieg und sich in einem Ausdruck widerwärtigen Ekels in meinem Antlitz entlud. Ich fühlte, wie ich mich selbst so hasste wie den Rest der Menschheit. Gleichzeitig überkam mich eine genussvolle Vorstellung: ein überdimensioniertes splitternacktes Monster mit grauschwarzer Haut zermalmte erst lachend und erbarmungslos kleine, menschenähnliche, jammernde Wesen, die chancenlos versuchten, sich vor den Pfoten des spielerisch-quälenden Unholds zu retten, welcher nach Beendigung des Katz-und-Maus-Spiels selig lächelnd an seinem Genital reibend in einem gigantischen Orgasmus sintflutartig die Welt überschwemmte. Als dabei das lustvolle Gesicht des Monsters in den Fokus rückte, wusste ich, ohne es genau erkennen zu können: es sah so aus wie ich.

Das Bild riss mich in die Wirklichkeit des Hier und Jetzt. Ich sah mich in meinem Zimmer um, sah den Kleiderschrank aus schwerem, dunklen Holz, die pastellgelb gestrichene Wand, das Ölgemälde, welches einen Hafen zur Abendstunde darstellte, den Leuchter, der von der Decke hing; dann ließ ich meinen Blick wieder nach unten sinken, sah meinen offenen Koffer, in dem eine CD von Deep Purple ganz oben lag. Ich legte sie in den Player und gab mich den lamentierend-nachdenklichen Klanggemälden von *Child in Time* hin.

Ich fragte mich dabei, auf welcher Seite der Linie zwischen Gut und Böse ich mich wohl befände. Sicher waren mir von meinen Eltern Werte vermittelt worden, die es mir eigentlich hätten erlauben sollen, mich auf der positiven Seite zu positionieren; ich hatte das mir aufoktroyierte System jedoch nie wirklich angenommen und lehnte eine derartige moralische Kategorisierung ab. Mir ging es nicht darum, die Welt zu verbessern; ich wollte sie nur besser verstehen lernen, um so meinen eigenen Weg, meinen individuellen Platz in dieser Welt zu finden. - Und Slim konnte mir sicher dabei von Nutzen sein.

Fünftes Bild

Gargantua, der Riese aus der französischen Volkssage, mit einem weit geöffneten Rachen, in dem gerade ein Stück rohes Fleisch verschwindet. Im Vordergrund scheinen Menschen zu applaudieren. Von diesen sind jedoch nur die Hände zu sehen.

Es wurde Zeit für die Weiterreise. Eine Kraft, die wir weder benennen, noch verstehen oder erklären und schon gar nicht beherrschen konnten, zwang Slim und mich auf mysteriöse Weise gleichzeitig, diesen Ort zu verlassen und aufzubrechen.
„Wir sind nicht weit vom Meer", meinte Slim, „wir wäre es mit einer Schiffsreise?"
„Gerne", antwortete ich, „ich mag die Weiten der Ozeane."
„Perfect. Und ich bin schließlich der Sohn eines

Fährmanns. So let's go."

Unseren achteckigen Zufallsgenerator benötigten wir diesmal nicht, wir kamen überein, einfach das erste Schiff zu nehmen, das uns außer Landes brachte.

Es war ein Passagierschiff mittlerer Größe mit etwa 200 Menschen an Bord, zuzüglich der circa 15-köpfigen Besatzung, die für das Steuern des Dampfers und unser leibliches Wohl zuständig war.

Wir übernachteten in einer Sammelkabine zusammen mit sechs anderen Männern; die Bettkombinationen waren zweistöckig, ich hatte mich bereit erklärt, nach oben zu klettern und Slim den unteren Schlafplatz zu überlassen.

Wir hatten den Hafen noch gar nicht verlassen, als einer unserer sechs Kajütengenossen einen sicher mehr als einen Quadratmeter großen Gebetsteppich auf dem Boden ausbreitete und versuchte, dessen auf einer Seite spitz zulaufendes Muster gen Mekka auszurichten; zu diesem Zweck benutzte er einen Kompass, den er offenbar sehr sachgerecht zu bedienen wusste, wie ich aus meiner Perspektive, nämlich sitzend auf dem Hochbett, genau beobachten konnte. Doch die rechte Ausrichtung erwies sich als schwieriger als gedacht, denn unser Schiff musste ja erst mal aus dem Hafen manövriert werden und kurvte daher in Bögen zum Hafenausgang aufs freie Meer zu. Dies wiederum führte dazu, dass der gottesfürchtige Muslime sich nun nicht weit von meinen baumelnden Beinen ununterbrochen an einer Neuausrichtung seines

Teppichs versuchte, wobei seine mir nicht verständlichen Worte von seinem zunehmenden Ärger Kunde taten. Mich, den Gottlosen, amüsierte die Szene zunehmend und schließlich konnte ich nicht mehr an mich halten und huldigte laut lachend der Komik der Situation. Dabei verlor ich jedoch leider die Kontrolle über mein Gleichgewicht und – plumps – fiel ich von meinem Hochbett auf seinen Teppich.

Die Entweihung seines Gebetsteppichs durch einen offensichtlich Ungläubigen quittierte der fromme Mann mit einem schockierten Schrei und einem *Allah akbar* und fünf weitere Paar Augen starrten mich entsetzt an, obwohl ich versuchte, mein immer noch vorhandenes Amüsement nun so gut es ging zu verbergen.

Einen Moment lang war es still in der Kabine, so still, dass ich glaubte, die Spannung knistern zu hören. Aus den Augenwinkeln sah ich Slim, dessen ohnehin schon dunkle Augen sich bedrohlich verfinstert hatten und der in bewegungsloser Anspannung auf seinem Bett saß, wie eine Raubkatze kurz vor dem entscheidenden Sprung auf ihre Beute.

Auch die anderen Männer schienen sich auf das, was nun kommen würde, vorzubereiten. Ihre Mienen wurden düster, all ihre Augen richteten sich in religiöser Solidarität gegen mich, es schien in ihnen zu kochen, während ich voll panischer Angst, kopfschüttelnd und mit apologetisch erhobenen Händen vor ihnen stand, mehrmals hintereinander

„Sorry" murmelte und Lust verspürte, mich in Nichts aufzulösen.

Noch einige Sekunden verharrte die Szene in ihrer bewegungslosen Bedrohlichkeit, wie ein Standbild, bei dessen Betrachtung jedem Beobachter völlig klar war, was im folgenden passieren würde.

Und dann war es soweit. Der eindeutig jüngste der Männer bewegte sich einen Schritt auf mich zu, ohne meine Augen auch nur einen Bruchteil einer Sekunde aus den seinen zu lassen. Starr vor Entsetzen fühlte ich mich wie von seinem Blick festgenagelt.

Langsam hob er die Hand, derweil Slim sich aufrichtete. Just in diesem Moment setzte sich eine fette Fliege genau auf die Nasenspitze des jungen Mannes. Der schielte mit beiden Augen auf das Insekt, was so komisch aussah, dass nun seine Glaubensbrüder einer nach dem anderen die Contenance verloren, sich auf die Schenkel schlugen und sich vor Lachen wegwerfen wollten.

Der junge Mann, der mich eben noch attackieren wollte, umarmte mich nun, die anderen Muslime taten ihm gleich und man lud mich zu einem Tee ein. Slim hatte sich wieder auf sein Bett gesetzt und schlug nun die Beine entspannt übereinander.

Die drei weiteren Tage auf dem Schiff waren zwar nicht besonders komfortabel, die Stimmung zwischen meinen gottesgläubigen Schlafkabinengenossen und mir blieb jedoch harmonisch. Es war wohl so, dass die gemeinsame Erfahrung, das Verbindende zwischen ihnen und mir, die Unterschiede in Denken und Kultur überlagert hatte.

Schließlich liefen wir in einen schäbigen Hafen ein und wurden von einem mürrischen Zollbeamten empfangen, dessen Uniform so wie er selbst sicher schon bessere Tage gesehen hatte.
Er nahm Slims und meinen Reisepass in die Hand, blickte mit nach unten gezogenem Mundwinkel auf die Dokumente, die er gleichzeitig desinteressiert durchblätterte.
„Da fehlt eine Seite", gab er mir den Pass zurück, „bei Ihnen auch." Und er hielt Slim den seinen hin.
„Bitte was?" hub ich an, „da fehlt nichts und der ist auch noch zehn Jahre gültig." Hitzig hielt ich ihm das geöffnete Dokument vors Gesicht.
„Ich sage Ihnen, da fehlt was", sagte er trocken, aber mit der Autorität eines Uniformträgers.
„Was zum Teufel soll denn da ..."
Slim unterbrach mich.
„Keep cool", sagte er auf seine gewohnt nonchalante Art in mein Ohr, nahm dabei meinen Pass an sich und versah dabei unsere Dokumente mit je einem 10 $-Schein zwischen letzter Seite und Deckel, um sie dann dem Zöllner mit einem bohrenden, stechenden Blick zu reichen, der diesem unmissverständlich klar machte: *Du bist ein korrupter Drecksack, aber ich akzeptiere, dass du momentan die besseren Karten hast.*
Der so beäugte wechselte alsbald Tonlage und Mimik und flötete falsch lächelnd und mit hochgezogenen

Augenbrauen:

„Thank you, Sir, willkommen in unserem Land." Und er drückte mit einem Doppelschlag den Datumsstempel der Immigrationsbehörde in unsere Pässe.

„Ich fass' es nicht", empörte ich mich im Taxi zu unserem Hotel, „du spielst dieses beschissene Schmierentheater mit?!"

„Greenhorn", schnauzte Slim mich an, „was willst du! Die Welt ist ungerecht und die Menschen reagieren darauf. Der Mensch ist so schlecht wie die Gesellschaft, in der er lebt. Und die scheint nun mal hier ziemlich übel zu sein. Also mach uns nicht den Gutmenschen, das steht dir nicht."

In solchen Momenten verspürte ich einen regelrechten Hass auf Slim; diese apodiktische Arroganz, frei von Selbstzweifeln, immer zu hundert Prozent davon überzeugt, als einziges Exemplar der gesamten Menschheit im Besitz absoluter Wahrheiten zu sein, dieses unempathische Von-oben-herab-Dozieren, das mich wie den naiven Lehr- und Zögling vor dem großen Maestro aussehen ließ. Und das Schlimmste an der ganzen Sache war: ich konnte ihm nie ehrlich widersprechen. Wenn ich in mich hinein horchte, vernahm ich deutliche Zustimmung, es schien so, als tickten wir genau gleich auf derselben Wellenlänge, nur eben mit dem Unterschied, dass er mir immer ein paar Schritte voraus war. So sehr mich das bedrückte, nervte, anätzte, so sehr war mir bewusst, wie viel ich von ihm lernen konnte. Und darauf war ich versessen. Also konterte ich seine Attacke nicht, sondern beließ es leicht schmollend dabei.

Das Taxi setzte uns vor einem schäbigen Hotel ab, vor dessen Eingang ein imposanter Flammenbaum in voller feuerroter Blütenpracht stand.
„Ist er nicht herrlich?" kommentierte Slim, „botanisches Feuer, höllisch schön."
Ich stimmte ihm mit einem kurzen Nicken zu; vor meinem geistigen Auge lief derweil ein Film ab, in welchem lodernde Flammen Häuser und Menschen verschlangen, während der pyromanische Kaiser Nero dabei irrwitzig lachte. Wie in jenem alten Hollywood-Streifen. Nur, dass Nero Slims Gesichtszüge trug.

Das von außen so heruntergekommen aussehende Hotel entwickelte innen einen dekadenten, morbiden Charme, der deutlich von sehr viel besseren Tagen dieses Hauses Zeugnis ablegte. Ein zwei Zentimeter dicker und den Großteil der Bodenfläche der Eingangshalle einnehmender Teppich war ausgelegt, doch das gute Stück war mit Flecken aus Schmutz, Farbe und ausgetretenen Zigarettenkippen übersät. Und garantiert schon lange keiner gründlichen Reinigung mehr unterzogen worden. Sicher war er Heimat zahlloser Flöhe und mir kam das markante Dreigestirn ihrer Bisswunden in den Sinn. Von der Decke hing ein prunkvoller Leuchter aus raffiniert geschliffenem Glas um einen Holzreif, dessen Durchmesser wohl an die drei Meter reichte.

Ich malte mir aus, wie wohl einst Kolonialherren diesen Palast bevölkert hatten, wie sie in diesen Wänden ausufernde, orgiastische Feste gefeiert hatten, die in später Nacht in weichen Daunen endeten. Wie einheimische Mädchen hier zu Konkubinen geworden waren, während ihre herausgeputzten Herren sich in exotischem Luxus suhlten. Die Vorstellung, einer diese Herren zu sein, schreckte mich nur wenig ab, meine hedonistischen Tendenzen waren deutlich stärker als meine Skrupel.

Mein Zimmer entsprach dem, was ich mir davon im Foyer vorgestellt hatte: weitläufig und edel, jedoch muffig und schlecht gepflegt. Der Teppich war komplett verblichen, seine Farben nur noch zu erahnen. Das Bett bestand aus massivem Edelholz mit feinen Gravuren und Verschnörkelungen, darauf eine beinahe bis zur Unbrauchbarkeit durchgelegene Matratze, bezogen mit einem vergilbten Betttuch aus Leinen, darauf Decken in schlichten Baumwollhüllen – zumindest die waren neueren Datums. Das Bad war groß, jedoch ohne Tageslicht. Ausnahmslos alle Armaturen waren vergoldet, die Farbe war allerdings schon vereinzelt abgeblättert und enthüllte rotbraunen Rost.

Ambivalente Gefühle verunsicherten mich. Mir war klar, dass ich hier auf Hygiene besonders viel Wert legen musste, um nicht meine Gesundheit zu gefährden, doch der Reiz dieser alten, aber sicher nicht immer ehrwürdigen Gemächer becircte mich durchaus.

Dennoch beeilte ich mich, der stickigen Luft zu entkommen, begab mich auf die Terrasse und trank in Ermangelung von Scotch einen Gin-Tonic, wobei ich mir einredete, dass das Chinin im Tonic-Wasser ja bestimmt zur Malaria-Prophylaxe gut sei, wobei ich jedoch keine Ahnung hatte, ob wir uns hier überhaupt in einem Malaria-Gebiet befanden.

Slim traf ein, als ich gerade meinen zweiten G'n'T bestellen wollte. Er hatte wieder einmal dieses widerlich-faszinierende Lächeln der grenzenlosen Überlegenheit auf seinem Gesicht und trug sein Glas wie eine Trophäe vor sich her.

„Gewusst wie", bemerkte er mit unterdrücktem Stolz, „auch wenn es nur Red Label ist. - Auch einen?"

„Sure", bemerkte ich trocken und nickte, doch es gelang mir nicht, meine Anerkennung zu verbergen.

„Also, sag' schon, wie hast du das geschafft? Mir hat der Barkeeper gesagt, sie hätten keinen."

„Du hast doch schon an der Grenze gesehen, wie das hier läuft; da muss man sich ans Brauchtum halten."

Ich schüttelte lächelnd den Kopf, während die Bedienung, ein älterer Herr im noch älteren Livree, mir den Whisky brachte.

„Cheers, Slim. Auf den Genuss."

„Auf jetzt", er hob sein Glas, „auf die Gegenwart. Alles andere ist nichts - nicht mehr oder noch nicht."

Damals waren viele seiner Bemerkungen, besonders die theoretisch-philosophischen, für mich eher kryptisch, doch ich notierte sie in mein Tagebuch, in der Hoffnung, ich würde irgendwann aus ihm und seinen Sprüchen klug.

Wir saßen auf der Terrasse, aßen Maispampe mit Geflügel, tranken die Red Label-Vorräte des Hauses leer und sahen genüsslich zu, wie sich eine verstaubte, rote Sonne hinter einem fernen Hügel nach und nach unserer Sicht entzog, bevor sie den Himmel in eine orange-gelb-rot-violette Farbpalette tauchte, um sich schließlich der fortschreitenden Dunkelheit zu ergeben.

Die Terrasse war nur noch mäßig gefüllt. Einige wenige Einheimische, allesamt männlichen Geschlechts, tranken schwarzen Minztee; ein Geschäftsmann in Anzug und Krawatte spielte halbherzig mit seinem Handy. Am Tisch neben uns allerdings saß ein älteres Paar, beide wohl an die siebzig, beide grauhaarig, er in Khaki-Hemd und Shorts, Füße und Unterschenkel steckten in hellblauen Kniestrümpfen und Wildlederschnürschuhen, die bis über die Knöchel reichten; sie trug eine beigefarbene Bluse, einen hellblauen, langen Rock und weiße Sandalen mit goldfarbener Schnalle. Hellblaue, unmittelbar unter der Haut liegende Venen durchzogen ihre bleichen Beine. So saßen beide da, den mürrischen Blick immer leicht nach oben gerichtet. Dieses Paar, so schien mir, war die perfekte Symbiose. Ich malte mir aus, wie sie schon seit fünfzig Jahren verheiratet waren und zusammen auf einer Farm lebten, die sie noch zu Kolonialzeiten erworben hatten, um dann den Betrieb zu modernisieren und für den Export Getreide anzubauen und Vieh zu züchten. Kinder hatten sie bestimmt auch, irgend jemand musste die Farm ja weiterführen. Trotzdem – oder aber vielleicht, weil ich in meiner Annahme falsch lag und sie ohne Erben geblieben waren – hatten sich unschöne Furchen in ihre Gesichter gegraben und ihre Blicke wiesen keine Zeichen von Altersmildheit oder gar Weisheit auf. Eher strahlten sie Trotz, Härte und Verbitterung aus, wohl deshalb, weil sie hier ein Leben lang als unerwünschte Eindringlinge in ein fremdes Land gesehen worden waren und dadurch wenig Wärme und Freundlichkeit erfahren hatten. Ich versuchte, die beiden mit einem kurzen, aber intensiven Blick zu speichern: ein widerwärtiges Gemälde mit Farben, die in ihrer Komposition so hässlich waren, dass sie auf Anhieb *bad vibrations* auslösten.

Gerade bestellte der Alte ihnen einen weiteren Gin Tonic, murrend, aber laut in lokalem Idiom mit einer herrischen Armbewegung und der dazu passenden Mimik. Gelassen und ohne auf das Gehabe des Herrenmenschen zu reagieren, nahm der Kellner die Bestellung entgegen und brachte kurz später die Drinks.

Sie hoben ihre Gläser. „Cheers", sagte der ältere Herr

zu seiner Frau und blickte dann zu uns herüber, „cheers, gentlemen, ist das nicht ein schöner Abend?"

„Indeed", flötete Slim, während ich ihm mit einem kaum sichtbaren Nicken beipflichtete, um damit auszudrücken, dass ich zwar freundlich bleiben wollte, an einer weiteren Unterhaltung jedoch nicht interessiert war.

Nicht so Slim, der prompt den üblichen Smalltalk begann, jenes soziale Geräusch aus Sätzen, die so unbedeutend waren, dass man sie in der Regel schon Stunden später nicht mehr aus dem Gedächtnis abrufen konnte.

„Sie kommen also aus der Gegend?"

„Matonga Farm, wie die Leute hier sagen", entgegnete der Angesprochene und seine Frau fügte hinzu, „nur ein paar Minuten von hier im Matonga-Bezirk."

„Und Sie?" fragte ihr Mann weiter.

„Wir reisen", meinte Slim trocken. Da er offenbar keine Lust hatte, den Fragenden Sinn und Beweggründe der Reise mitzuteilen, fragte er seinerseits gleich weiter.

„Was bauen Sie denn so an auf Ihrer Farm?"

„Mais und Sorghum für den lokalen Markt, Tabak für den Export."

„Vor allem Tabak", ergänzte sie.

Dabei steckte sie sich eine Filterlose an, die schon nach dem ersten Zug den freien Raum über der Terrasse olfaktorisch erfüllte.

Bert Ron: Nächtlicher Besuch

Das Gespräch wurde von plötzlichem Lärm auf der Straße unterbrochen. Unmittelbar vor dem Hoteleingang hatte es einen Unfall gegeben. Ein Pickup war mit einem Fahrrad kollidiert. Die Radlerin lag am Boden, neben ihr ihr Kind, ein kleines dunkelhäutiges Mädchen von vielleicht zwei Jahren, laut schreiend und mit einer stark blutenden Platzwunde am Kopf. Aus dem Wagen sprang ein junger Mann, ebenfalls dunkelhäutig und unverkennbar betrunken. Lief tobend auf die noch am Boden liegende Frau los und versetzte ihr, laut brüllend, einen Tritt in den Bauch. Sie jaulte kreischend auf und krümmte sich vor Schmerzen, während der sturzbesoffene Truck-Fahrer von einigen flugs herbeigeeilten Männern festgehalten und beruhigt wurde.

Ich wollte aufspringen, doch Slim hielt mich zurück, indem er mit seiner Hand meine Schulter nach unten drückte.

„Alles Kaffer", sagte die Farmerin verächtlich, „schwarzes Pack!"

„Aber das Kind!", warf ich ein.

„Da wird sich schon jemand drum kümmern", meinte der Farmer trocken, „und wenn nicht -" Er zuckte mit den Achseln.

Slim grinste. Ich sah ihn erschrocken an, doch auch meine Mundwinkel zogen sich unwillkürlich leicht nach oben.

Ich fühlte genau, wie zynisch und mitleidslos unsere Haltung gegenüber dem armen Kind und seiner unschuldigen Mutter war, gleichzeitig wurde mir jedoch bewusst, dass es mich nach und nach immer mehr in Slims rational-analytische, empathiefreie Welt zog. Mein Verstand schien geschärft, meine Gefühle getötet.

Mit seiner Herzlosigkeit hatte Slim zwei Herzen gewonnen.

„Wo verbringen Sie die Nacht?" fragte der Farmer, der nun sich selbst als John und seine Frau als Sue vorstellte, „doch nicht etwa in diesem heruntergekommenen Hotel?"

„Doch doch", sagte ich, „wir sind hier einquartiert."

„Kommen Sie doch mit uns auf die Farm, es ist Platz genug, Sie können ruhig ein paar Tage bleiben."

„Warum nicht?" meinte Slim.

„Wir haben allerdings unsere Zimmer schon bezogen", warf ich ein.

„Kein Problem", meinte John, „ich spreche mit dem Besitzer." Und war schon auf dem Weg in die Hotellobby.

Es dauerte keine fünf Minuten, da war er bereits zurück, ein souveränes Lächeln auf seinem Gesicht.

„Packen Sie Ihre Sachen, gentlemen", ordnete er trocken an, und unterdrückte dabei seinen Triumph, ohne jedoch die Lust an seiner demonstrierten Machtstellung zu verhehlen, „noch einen Drink, dann fahren wir los."

„Gut gemacht, John, dear." Wahrscheinlich wollte Sue ihrem Mann zulächeln, doch ihr Gesicht verzog sich nur zur Grimasse.

„Nettes Wortspiel für einen alten Trecker wie mich, haha", knatterte John, „Sie wissen schon" - er sah Slim und mich an - „John Deere, die Traktoren."

Wir nickten und grinsten.

John hatte die erlaubte Blutalkoholgrenze sicher um ein Vielfaches überschritten, als er den alten Land Rover startete. Er würgte immer wieder mit offenem Mund und spuckte durchs offene Seitenfenster, während seine Gemahlin auf dem Beifahrersitz beim Husten mehr ratterte und keuchte als das alte Dieselgefährt, mit dem wir unterwegs waren. Slim saß beobachtend mit seinem undurchschaubaren Pokerface neben mir auf der Rückbank. Und ich wusste nicht, wie mir war und was ich von der Situation halten sollte, doch meine Neugier war groß und ich freute mich, etwas unerwartet Abenteuerliches zu erleben. Außerdem tat es unseren Geldbeuteln gut, ein paar Tage Kost und Logis frei auf einer Farm zu haben; vielleicht würden wir uns ja erkenntlich zeigen und bei der Arbeit helfen und dann sogar unseren Aufenthalt weiter verlängern.

Das Farmhaus begrüßte uns mit einem hölzernen Schild, auf dem uns John, Sue, Bart und Larry auf ihrer Rimsick Ranch, so der offizielle Name, willkommen hießen. Daneben war auf einem massiven Holzpfahl eine gusseiserne Glocke angebracht, von der ein Seil, eher ein Strick nach unten hing.

Wir setzten uns auf die Veranda, die die gesamte Breite des Hauses einnahm. Während John uns mit

Daten und Fakten seiner Farm versorgte, brachte Sue Bier, Gin und Tonic-Wasser.

Je mehr John trank, um so redseliger, sentimentaler und nostalgischer wurde er. Die guten alten Zeiten, als die Schwarzen noch nichts zu sagen hatten, wurden beschworen, als man noch wusste, was Respekt war und man einen Neger noch Neger nennen durfte. Als der Country Club noch Weißen vorbehalten war und man im Hotel Schwarze nur als Bedienung sah. Tränen standen ihm in den Augen, doch er hob immer wieder sein Glas, prostete uns zu und kippte den Gin Tonic, als wäre es Schnaps.

Als er wenig später nach einem Toilettengang aus dem Haus zurück auf die Veranda kam, hielt er einen Lederstiefel in der Hand.

„Gentlemen", lallte er, „mit diesem Stiefel hab' ich dem heutigen Präsidenten unseres Landes in den Hintern getreten, als er noch ein halbwüchsiger Junge war. Lasst uns darauf trinken."

Und er füllte den Stiefel mit Bier, setzte ihn an und trank einen großen Schluck, bevor er das zweckentfremdete Gefäß an Slim weitergab.

„Keine falsche Scham, der Stiefel ist sauber."

Slim verzog keine Miene, nahm einen kleinen Schluck und reichte mir den Stiefel weiter.

Mir war das Ganze zwar zuwider, aber erstens wollte ich kein Spielverderber sein und zweitens keinen Streit riskieren, der die Unterkunft für die nächsten Tage hätte gefährden können. Also überwand ich meinen Ekel, zwang mich zu einem Lächeln und

trank.
Daraufhin stellte sich unser Gastgeber etwas schwankend aber kerzengerade vor uns und sagte mit Pathos in der Stimme:
„Gentelemen, ich bin stolz auf euch." Und er begann, das alte Volkslied zu singen: „Should all acquaintance be forgot ..." Sue stimmte krächzend ein, Slim sang dezent mit, ich bewegte den Mund, tonlos.
Sue verabschiedete sich nun, sie müsse ins Bett, und torkelte von dannen.
„Gentlemen", John hub wieder an, „ich muss euch noch was zeigen. Kommt mit."
Wir folgten ihm auf die Rückseite des Hofes, wo sich ein wohl acht mal fünf Meter großes Betonbecken befand. John schaltete das Licht an und brachte eine fette, nackte Glühbirne zum leuchten. Und vor uns im Becken sahen wir – vier riesige Krokodile.
„Tja, Freunde", John lachte triumphierend, „diese vier Kameraden werden mir eine Menge Geld einbringen. - Und jetzt zeige ich euch noch was."
Und schon befand er sich auf der metallenen Leiter, die ins Betonbecken führte.
„John!" Selbst Slim wurde nervös.
„Keine Angst, Freunde, ich war schon hundert mal hier unten bei meinem Schuh- und Taschenproduzenten. Die sind unglaublich schnell, aber wenn du direkt vor ihnen stehst, können sie dir nichts tun." Und er ging frontal auf eines der Tiere zu und hielt ihm die Schnauze zu.

„Seht ihr, ich kann ihm ohne großen Kraftaufwand die Schnauze zuhalten, da hat die Riesenechse keine Chance."

Er ließ das Tier wieder los und ging rückwärts gerade zurück, begann dabei jedoch etwas zu torkeln und geriet dadurch in die Nähe eines weiteren Krokodils, das schräg hinter ihm lag. „Pass auf", schrie ich noch, doch alles ging ganz plötzlich: mit einer blitzschnellen Kopfbewegung hatte das Krokodil seine beeindruckenden Zähne in Johns Bein gerammt, der schrie wie am Spieß, wurde zu Boden geschleudert, wir sahen sein Gesicht, den Ausdruck des Entsetzens, weit aufgerissene Augen, pure Panik, Schock!

Slim und ich standen – ebenfalls schockiert – einen Moment lang still, bevor ich reagierte: „Schnell, ein Gewehr!"

Ich rannte ins Haus, wo Sue mir schon entgegen gestolpert kam.

„John ist von einem Krokodil angegriffen worden. Gibt es hier ein Gewehr?"

„Ja, im Wohnzimmer vorne links, aber John hat den Schlüssel zum Waffenschrank."

Von draußen war nur noch Slim zu hören, Johns Schreie waren verstummt.

„Ruf einen Krankenwagen."

Mit einer Eisenstange, die vor dem offenen Kamin lag, gelang es mir, den Waffenschrank aufzubrechen, doch in meiner hektischen Panik brauchte ich eine gefühlte Ewigkeit, bis ich das Gewehr endlich geladen hatte.

Bert Ron: Nächtlicher Besuch

Draußen stand Slim und zeigte mit dem Finger auf das Krokodil, dem es mit einem zweiten Biss und langem, entschlossenem Hin- und Herzerren gelungen war, Johns Bein abzureißen. Der lag nun regungslos und stark blutend in dem Becken. Es traute sich aber niemand von uns, ihn dort herauszuholen. Hilflos versuchten wir, ihn mit Metallhaken zu fassen zu bekommen, doch die Versuche blieben dilettantisch und ohne Erfolg. Es verging unendlich viel Zeit, bis der Notarztwagen mit zwei National Park-Rangern kam, die John rasch bargen.

Doch er war schon verblutet.

Wir blieben noch gut drei Wochen bei Sue, so lange, bis John bestattet und beigesetzt und die wichtigsten verwaltungstechnischen Angelegenheiten, die sein Ableben nach sich zog, geregelt worden waren.

Es wurde wenig gesprochen auf der Farm. Sue, so schien es mir, beklagte sich selbst und ihre Situation allein auf der Farm mehr als den Tod ihres Gatten. Dies änderte sich selbst dadurch nicht, dass ihre Söhne Bart und Larry, zwei hemdsärmelige Burschen, aus dem benachbarten Ausland zur Beerdigung angereist kamen und leidenschaftslos versuchten, ihre Mutter zu trösten. Sue war mürrisch und furchtbar böse auf den „alten verrückten Säufer", auch Slim und mir schien sie gram zu sein, wenn ich ihre Blicke richtig deutete: wir hätten ihn doch von dieser idiotischen Demonstration im besoffenen Kopf abhalten müssen. Die Witwe fasste ihre Vorwürfe jedoch nicht in Worte, wahrscheinlich wusste sie, dass John sich nie im Leben etwas von uns hätte sagen lassen. Echte Trauer allerdings, wie sie sich oft in leeren, verständnislosen Blicken in geröteten Augen zeigte, solche Trauer sah ich bei ihr nie.

Slim war noch undurchschaubarer als sonst. Er rauchte viel, schien seine Worte weitgehend verloren zu haben, sein Gesicht wirkte maskenhaft und zeigte keinerlei Regungen, seine Bewegungen waren mechanisch und absolut emotionslos, ein perfekt funktionierender Roboter, gesteuert durch eine enigmatische Kraft, die sich mir in keiner Weise offenbarte.

Mir selbst blieb in dieser Situation nichts anderes übrig als mich mit der Lage zu arrangieren, Gespenster um mich herum zu haben, mit denen ich nicht in Kontakt treten konnte.

Johns Tod selber berührte mich wenig. Die paar Stunden, die ich mit ihm zusammen verbracht hatte, hatten ihn mir weder vertraut noch liebenswert gemacht, Liebe war ohnehin ein Gefühl, zu dem ich mich zu jener Zeit unfähig erachtete. Auf einer Sympathieskala von 1 bis 10 wäre er bei mir maximal auf der 2 gelandet, immerhin war er großzügig und hatte sich Slim und mir gegenüber als gastfreundlich erwiesen.

Ich haderte allerdings mit Slim, der uns mit seiner verdammten Kommunikationsfreudigkeit gegenüber jedem Menschen, und wie er auch sei, in diese unwohlige Lage gebracht hatte, ich haderte mit mir selbst und meiner Unfähigkeit, mich einmal *nicht* Slims Willen zu unterwerfen; und ich haderte mit dem nicht greifbaren Schicksal, das uns auf unserer ziellosen Reise nach dem Bolus-Toten und dem Flugzeugabsturzopfer nun schon die dritte Leiche in den Weg legte und diesmal eine, die durch die Grausamkeit ihres Ablebens sicher imstande war, Albträume hervorzurufen.

Ich verbrachte viel Zeit in dem Zimmer, das Sue mir zugewiesen hatte und hörte immer wieder diejenige meiner 10 CDs, die meiner Stimmung am nächsten kam: Ludwig Hirsch sang seine *Dunkelgrauen Lieder*, die – eher tief schwarz gefärbt und makaber – große schwarze Vögel besangen, die die Lebenden in ihr Reich zogen oder auch Würmer, die sich an den von der Seele verlassenen sterblichen Überresten eines aus unserer Welt Geschiedenen zu schaffen machten.

Obwohl mir Okkultes, Schicksalsgläubigkeit und Mystizismus fremd waren, konnte ich mich nicht jener Gedanken erwehren, die mich in stillen Nächten heimsuchten und in denen ich mich auf einem langen und sich windenden Weg sah, immer im Schlepptau von Slim, ein Weg, der gesäumt von menschlichen Kadavern in ein schwarzes Loch führte, dessen Sog ich wenig entgegenzusetzen hatte.

Solche Fantasien übten einen derartigen Druck auf mich aus, dass ich masturbierte, um mich zu erleichtern. Dabei kamen mir Vorstellungen in den Sinn, die mich beschämt hätten, hätte ich mit jemand darüber sprechen müssen. So war ich einmal selbst ein Krokodil, dessen Schwanz allerdings durch einen Penis ersetzt war, der die Scheide einer gesichtslosen Frau penetrierte, die vor Schmerzen schrie, bis ich ejakuliert hatte. Ich lag dann ermattet da und freute mich über die Freiheit der Gedanken.

„Verabschieden wir uns von diesem Kontinent", überraschte mich Slim eines Tages, ohne dass wir vorher überhaupt den weiteren Verlauf unserer Reise diskutiert hatten. So wie er das sagte, war das keine Frage, auch keine zur Diskussion gestellte These, sondern ein Beschluss. Längst hatte ich mich in mein Schicksal als sein Begleiter gefügt, mich nicht nur damit abgefunden, sondern mich mittlerweile mit meiner Rolle identifiziert, ich definierte mich als sein Adjutant, er war Don Quijote und ich der brav folgende Sancho Panza.

Bert Ron: Nächtlicher Besuch

Sechstes Bild

Eine hohe Backsteinmauer. Zu ihrer linken ein großer und ein kleiner Schatten. Letzterer steht bereits direkt an der Mauer und hat ein Loch entdeckt, durch welches er auf die anderes Seite schaut und eine grelle Sonne sieht. Die darüber hängenden düsteren Wolken bleiben ihm auf Grund seines schmalen Blickwinkels verborgen.

Wir nahmen einen Bus in Richtung Westen bis zu jener Hafenstadt, von der man so herrlich über das weite Meer schauen konnte.

Ich hatte eine Änderung bei Slim festgestellt; war bisher das Reisen reiner Selbstzweck und das Reiseziel daher völlig irrelevant und willkürlich, so schien nun eine Wendung eingetreten zu sein. Der bewusste Entschluss, nicht nur einfach weiter zu reisen, sondern den Kulturkreis zu verlassen, stellte eine neue Dimension dar. Je mehr ich über ihn nachdachte, um so deutlicher zeichnete sich vor meinem geistigen Auge ab, dass nicht Kalkül und logisches Denken den Ausschlag für den plötzlichen Impuls, in eine ganz neue Welt zu fahren waren, sondern Angst, panische Angst. Slim war auf der Flucht. Aber vor was?

Die Busreise war langwierig und beschwerlich. Der Reisebus, auf dem in großen Druckbuchstaben *Luxury Tours* zu lesen war, hatte keinerlei Ambition, diesem nach außen getragenen Anspruch zu genügen.

Während unsere Koffer noch Platz im unteren Gepäckraum des bedingt verkehrstüchtig anmutenden Gefährts gefunden hatten, türmten sich auf dem Dach die Gepäckstücke – Koffer, Taschen, Kisten, Möbel und ähnliches – meterhoch und wurden von den beiden Busfahrern mit schäbigen schwarzen Kunststoffgurten an der metallenen Dachreling des Busses festgezurrt, so dass der Schwerpunkt des Vehikels sich mit jedem Gepäckstück weiter nach oben verlagerte, was sich sicher nicht vorteilhaft auf Straßenlage und

Verkehrssicherheit auswirkte. Ich hatte diesbezüglich ernsthafte Bedenken, noch bevor ich zusammen mit Slim und einem drängenden Pulk meist intensiv nach Schweiß riechender Menschen den Innenraum des Busses betrat; oder besser und im Passiv ausgedrückt: wir wurden hinein geschoben, so weit, bis wir zwei freie Sitze nebeneinander fanden und aus der Körper-an-Körper-Reihe ausscheren konnten. Staub wirbelte hoch, als wir uns in die Polster warfen, es staubte, als wir unsere Taschen auf dem Teppichboden abstellten und als wir losfuhren, hinterließen Zwillingsreifen und Dieselmotor eine Wolke aus Staub und Ruß.

Der Bus war bis auf den letzten Platz gefüllt, selbst die Schöße der Frauen schienen mir ausnahmslos mit schlecht erzogenen, lärmenden Kindern besetzt zu sein, die noch lauter schrien als alle anderen Passagiere, nur Slim und ich blieben leise. Aber Gedränge und Gequetsche, menschliche Ausdünstungen, verkeimte Sitze und wild mit hoher Phonzahl durcheinander artikulierende Menschen genügten unseren Chauffeuren anscheinend noch nicht an Sinneseindrücken und so drang aus scheppernden Boxen ein ohrenbetäubender Lärm, der musikalisch eventuell in die Rubrik Ethno-Disco-Pop einzuordnen war.

Ich war mir sicher: das würde nicht gut gehen. Und meine Beobachtung, dass der zweite Busfahrer, der uns, wie ich zurecht annahm, später an unser Ziel bringen würde, relaxed neben dem Fahrer sitzend schon nach einer Stunde die zweite Flasche Castle-Bier lässig mit den Zähnen öffnete und an seinen Mund führte, bestärkte mich in der Ansicht, dass wir uns gerade auf einer weiteren Etappe unserer todbringenden Mission befanden. Eigentlich hätten mein Kompagnon und ich nun etwas unternehmen müssen, aber als ich Slim besorgt ansprach, meinte er nur mit trauriger schicksalsergebener Miene:

„Wenn's passiert, passiert's. *Inch'Allah*, sagt man hier, in Frankreich würde man wohl *C'est la vie* sagen."

Und er zuckte gleichgültig mit den Achseln.

Mir fiel der oft zitierte Vergleich zu den Lemmingen ein, die ja mit einer Massenselbstmordtheorie behaftet sind, die wohl wissenschaftlich nicht haltbar ist. Wahr ist jedoch, dass viele dieser Tiere die Suche nach neuen Lebensräumen nicht überleben, so wie viele von uns Passagieren, so dachte ich, diese Tour nicht lebendig beenden würden.

Doch das Erwartete blieb aus. Nach mehreren Stopps, die Slim alle zum Rauchen einer Selbstgedrehten nutzte, und einer ungemütlichen Nacht im Bus erreichten wir den Überseehafen erschöpft und leicht lädiert, aber unverletzt. Die Suche nach einer Unterkunft konnte wieder beginnen.

Als wir, noch etwas derangiert und orientierungslos, auf unsere Koffer warteten, kam ein Mitreisender auf uns zu und fragte, ob wir eine Unterkunft bräuchten. Wir bejahten und saßen wenig später mit dem jungen Mann zusammen in einem alten Peugeot, gesteuert von einem weiteren jungen Mann, der – so stellte sich heraus – seinen Bruder an der Bushaltestelle bereits erwartet hatte.

So landeten wir in einer einfachen, aber sauberen Pension. Die Brüder, die sich als Mo und Sid vorstellten, wohnten noch zu Hause bei ihrer Mutter, die einige Zimmer ihres zweistöckigen Hauses vermietete. Ihr Mann, so erzählte sie beim gemeinsamen Abendessen, war Fischer gewesen und hatte schon vor vielen Jahren das Zeitliche gesegnet.

Auch Mo und Sid hatten eine starke Beziehung zum Wasser, das sie magisch anzuziehen schien. Sid war in die Fußstapfen seines Vaters getreten und fuhr täglich mit seinem Fischkutter hinaus und warf die Netze; Mo, der zusammen mit uns die Busreise unternommen hatte, war regelmäßig auf größeren Kähnen unterwegs: riesige Dampfer, die Passagiere übers Meer in die nicht mehr ganz so neue Welt brachten. Ich sah Slim an, Slim blickte zurück: ob sich da nicht etwas machen ließe?

Schon am nächsten Morgen begaben wir uns gemeinsam zu einem Container-Büro am Hafen, um für die nächstmögliche Schifffahrt in den neuen Kontinent anzuheuern.

Der spezifische Bedarf an Arbeitskräften für die große Überfahrt deckte sich in so erfreulicher Weise mit dem, was Slim und ich anbieten konnten, dass wir noch am selben Tag unsere Verträge unterschrieben.

Während Slim, eloquent und perfekt (wenn auch nicht akzentfrei) in Englisch, Deutsch, Französisch, Spanisch und Italienisch, die Aufgabe hatte, die Gäste zu betreuen und gegebenenfalls zu unterhalten, oblagen mir administrative Aufgaben. Als *Personal Manager* verstand ich es, für geordnete Arbeitsabläufe zu sorgen. Zusätzlich gab ich mehrmals pro Woche abends den Barkeeper.

Unser Lohn bestand im Wesentliche aus freiem Wohnen (wir hatten eine geräumige gemeinsame Kajüte, jeder von uns hatte sein eigenes kleines Schlafzimmer, das Bad und einen Salon teilten wir uns), freier Verpflegung und etwas Taschengeld.

Eine Woche später stachen wir in See. Ich hatte noch nie eine so weite Schiffsreise gemacht und als ich den Dampfer betrat, überkam mich ein Gefühl, als ob ich einen großen Schritt nach vorne täte, einen Schritt, von dem ich allerdings nicht einmal ahnte, wohin er mich führen könnte. Freudige Erwartungen vermengten sich mit Angst vor Seekrankheit (dagegen hatte ich mir zumindest Medikamente besorgt) und der Ungewissheit, was mir auf und nach der Reise widerfahren würde.

Es dauerte nicht lange und wir hatten uns an das Leben an Bord gewöhnt. Slims Arbeitszeit begann schon früh um sieben, ich fing in der Regel am späten Vormittag an, indem ich mich zunächst meinen organisationstechnischen Aufgaben widmete, arbeitete aber oft bis in die Nacht, wenn ich hinter der Bar stand und Bier zapfte, Wein kredenzte und Cocktails mixte. Ich übte mich im Smalltalk, legte mir ein paar lässig-charmante Sprüche zurecht und trank hier und da ein Glas mit. So lernte ich viele der mehr als 600 Passagiere kennen; die allermeisten waren über sechzig, hatten Zeit und Geld und einen ausgefeilten Sinn für Luxus: man trank keinen Sekt, sondern Crémant und Champagner und der am häufigsten georderte Wein war eine Cuvée aus dem Saint-Emilion. Nur selten kam es zu Irritationen oder kontroversen Diskussionen, man sprach vorwiegend über wirtschaftliche und kulturelle Themen, Leistungssport war für das gemeine Volk und Politiker wurden eher milde belächelt als ernst genommen. Ich sah es als Teil meines Jobs, im allgemeinen – mal mehr, mal weniger – jeder und jedem zuzustimmen und beizupflichten, selbst, wenn meine eigene Sichtweise der Dinge stark von dem Gehörten divergierte. Mir gefiel der kurzweilige Alltag an Bord, die oberflächlichen Konversationen, die Witze ohne Tiefgang und der Blick auf die glatte Oberfläche des tiefen Meeres.

Mit Slim hatte ich nur noch sporadisch Kontakt. Wenn er mit seiner Arbeit begann, lag ich noch im Bett und wenn ich spät nach Mitternacht die Bar schloss, schlief er schon längst. Außerdem fühlte auch ich mich mittlerweile wie ein Reisender und nicht wie ein Tourist, der begierig mit Gedächtnis und Kamera Eindrücke zu speichern versucht und sogenannten Sehenswürdigkeiten hinterherrennt.

Schon lange hatte ich – zumindest bewusst - nicht mehr geträumt und ich begann mich zu fragen, was für ein Mensch ich geworden war.

Als ich eines Morgens im Bad vor dem Spiegel stand, fiel mir die Szene ein, wie ich damals in meiner Wohnung der Reflexion meiner selbst zuprostend einen Riss in das mein Konterfei zeigende silberbeschichtete Glas gestoßen hatte. Mittlerweile war ich gelassener, abgehärteter und weniger emotional geworden.

Äußerlich hatte ich mich kaum verändert. Mein schwarzes Haar war noch immer so kurz, dass man es nur schwerlich mit einer Frisur in Verbindung bringen konnte, meine Nase war schmal und leicht gekrümmt, meine Lippen eher sinnlich geschwungen, meine Ohrläppchen angewachsen. Mein linkes Auge schien größer zu sein als mein rechtes. Mein Gesicht war sicher zu asymmetrisch, um schön genannt zu werden, ich war jedoch von stattlicher Figur, obwohl ich nie Sport getrieben hatte. Und dann waren da meine Hände: kräftige Gliedmaßen mit filigranen, fast etwas knochig erscheinenden, überlangen Fingern, die mir eine ganz besondere Note gaben. Zusammen mit dem immer wieder auftretenden blitzgleichen Funkeln in meinen extrem dunklen Augen haftete mir etwas geheimnisvoll Mystisches an und ich genoss die fragenden Blicke der Menschen, deren Aufmerksamkeit ich so erregte.

Was an mir geheimnisvoll sein sollte, das wusste ich damals nicht. Höchstens, dass ich wohl als eher schräger Vogel, als ungeselliger Eigenbrötler galt, der keinen Wert darauf legte, sich gesellschaftlichen Konventionen anzupassen und dem es im wesentlichen egal war, was die Leute von ihm dachten.

Nur einmal in den letzten Jahren war alles ganz anders. Mir wurde ganz wehmütig ums Herz, als ich an Cäcilia dachte.

Es war nun schon fünf Jahre her, dass ich sie kennengelernt hatte. Und wenn ich an sie dachte, kam es mir noch immer unglaublich vor, denn sie gehörte für mich der Kategorie *unerreichbar* an.

Es war ein komplett verregneter Tag, der 23. Oktober, meine ich, ich glaube, es war der Geburtstag meiner Mutter, so genau weiß ich es nicht mehr. Ich war auf dem Weg von der Arbeit nach Hause, es muss wohl gegen 19 Uhr gewesen sein, es dämmerte bereits. Müde ob der Anstrengungen des Tages saß ich hinterm Steuer, als eine plötzliche Erschütterung mein Fahrzeug und mich durchfuhr. Es folgten kurze, ruckartige Stöße und ich hatte Mühe, den langsamer werdenden Wagen auf der Fahrbahn zu halten, um ihn dann kontrolliert auf den Seitenstreifen zu lenken. Ich stieg aus und sah mir die Sache an: ein platter, geplatzter Reifen, hinten rechts. 'Scheiße', dachte ich, 'ärgerlich, gerade bei diesem Regen!' Aber Jammern war sinnlos, also nahm ich das Warndreieck aus dem Kofferraum und ging ein paar Meter entgegen der Fahrtrichtung, um es dort aufzustellen, als ein weißer

Ford Fiesta vor mir rechts ran fuhr, eine Tür sich öffnete und eine junge Frau freigab, deren Äußeres mich augenblicklich verzückte: ihr kastanienfarbenes, welliges Haar reichte ihr bis über die Schultern, die Augen dunkel wie stark gerösteter Espresso, der Blick gleichzeitig offen und intensiv, die Nase schmal und fein und zwischen ihren elegant zu einem Lächeln geformten Lippen kamen zwei ebenmäßige, weiß glänzende Zahnreihen zum Vorschein. Einen Moment lang war ich der Wirklichkeit so entrückt, dass ich nicht erfasste, was sie zu mir sagte.

„Sorry – wie bitte?"

„Hab nur gefragt, ob ich dir helfen kann."

„Ääh, mmh, danke, ich krieg das schon hin."

Trotzdem blieb sie stehen und breitete den Regenschirm, den sie in der Hand hielt, über uns beide aus.

„Vielleicht kann ich dir ja so die Arbeit etwas erleichtern."

Wieder lächelte sie und ich konnte nicht anders als das Lächeln zu erwidern, und ich lächelte weiter, während ich die Muttern löste, den Wagenheber ansetzte, das Rad wechselte. Nicht, weil ich es so wollte, es passierte einfach so und ich konnte nichts dagegen tun, war absolut machtlos. Derweil stand sie neben mir, hielt ihren Schirm mehr über mich als über sich selbst und schaute fasziniert auf meine Hände.

„Na, mach' ich alles richtig?" fragte ich verunsichert.

„Du hast schöne Hände", sagte sie, „da schaut man

gerne hin."

Ich strahlte sie an.

„Danke", sagte ich schüchtern und fügte hinzu: „So, fertig."

„Tschüss", sagte sie.

„Danke", sagte ich noch einmal frohlockend und ließ den Regen auf mich fallen, während sie zu ihrem Ford Fiesta – ich selbst fuhr einen alten Triumph – zurückeilte.

Sie stieg ein, drehte den Zündschlüssel mit der rechten Hand, während sie mir mit der linken kurz zuwinkte – und nichts geschah. Wieder versuchte sie, den Wagen zu starten: träge drehende Motorengeräusche, sonst nichts.

„Sieht aus, als ob du jetzt Hilfe gebrauchen könntest."

Ich stand neben ihr und dachte, dass ich wohl soeben zum ersten Mal in meinem Leben charmant war.

„Bleib einfach sitzen und mach die Motorhaube auf, ich habe ein Starthilfekabel."

Ich setzte zurück und verband die Batterien der beiden Autos mittels des roten und des schwarzen Kabels, es tat sich jedoch immer noch nichts.

Als Besitzer eines weit über dreißig Jahre alten Triumph Vitesse hatte ich glücklicherweise immer ein Abschleppseil dabei und so zog ich Cäcilia mit ihrem Fiesta zu der nächsten Autowerkstatt.

„Wo kann ich dich hinbringen?" fragte ich, als die Formalitäten erledigt waren.

„Nach Hause", scherzte sie, „ich zeig's dir." Sie fasste mich an der Hand. Ich war überwältigt.

Ihr Zuhause war eine kleine und recht unpersönlich eingerichtete Zweizimmerwohnung, in der ich bis zum nächsten Morgen blieb. Was in dieser Nacht geschah, war so einzigartig, wild-erotisch, dass mich bis zum heutigen Tag ein wohliger Schauer erfasst, wenn ich nur daran denke, wie sie meine Hände, Arme, Gesicht, Brust und Genitalien liebkoste, küsste, leckte ... Worte schienen überflüssig.

Vier Wochen lang berührten wir uns fast permanent, waren magnetisch voneinander angezogen, konnten gar nicht genug voneinander bekommen, und vielleicht bin ich jetzt so wie ich bin, weil ich nie genug von ihr bekommen habe.

Wir liebten uns in allen Varianten, die uns in den Sinn kamen, ich gab mich ihr vollkommen hin, ließ mich gar von ihr fesseln, wir sprachen wenig, doch ließ ich den Körperkontakt kaum abreißen, es war ein Rausch, der nur, wenn es nicht zu vermeiden war, durch unsere Arbeit (Cäcilia war wissenschaftliche Mitarbeiterin im Fach Psychologie an der Universität) unterbrochen wurde. Doch die schönste Zeit meines Lebens endete plötzlich.

Es war der 19. November. Noch am selben Morgen hatten wir leidenschaftlichen Sex gehabt, bevor wir getrennt zur Arbeit fuhren. Am Abend versuchte ich sie anzurufen, doch ihr Handy war ausgeschaltet. Ich fuhr zu ihrer Wohnung. Niemand öffnete mir. Ich war besorgt.

Ich nahm den Weg zu meiner Wohnung. In meinem Briefkasten fand ich einen Brief von ihr, den ich bis heute fast wörtlich wiedergeben kann, da ich ihn in dieser Nacht bestimmt hundert mal las, bevor ich ihn verbrannte.

Lieber Florian,

der Sex mit dir hat mir eine Zeit lang Spaß gemacht, obwohl du, sorry, nicht gerade eine Kanone im Bett bist. Ich habe es mir zur Gewohnheit gemacht, meine Affären auf maximal vier Wochen zu begrenzen. Wie du weißt, liebe ich beim Liebesspiel die Vielfalt und deshalb brauche ich auch den regelmäßigen Partnerwechsel.
Es wird wohl höchste Zeit, die Liebelei zu beenden, bevor bei dir irgendwelche romantischen Gefühle ins Spiel kommen.
Versuche nicht, mich anzurufen, ich habe eine neue Handynummer. Versuche auch nicht mich zu besuchen, die Wohnung hatte ich übers Internet für vier Wochen gemietet.
Übrigens: ich arbeite auch nicht an der Uni. Also, farewell und üb' fleißig weiter ;).

Cäcilia

PS: Wie bin ich nur auf diesen Namen gekommen?

Ich glaube, ich heulte die ganze Nacht durch, immer

wieder las ich ihre Worte, ungläubig, bis mir schließlich einfiel, dass ich in *ihrer* Wohnung kein einziges Foto von ihr gesehen hatte. Wir hatten uns ja auch kaum miteinander unterhalten, sie hatte gar nichts von sich preisgegeben, während ich ihr intime Einzelheiten aus der Tragödie meines Lebens, meiner früh geschiedenen Eltern, das Aufwachsen bei dem überforderten Vater und der lieblosen Stiefmutter und vieles mehr offenbart hatte. Ich hatte keinen anderen Menschen aus ihrem Leben direkt oder übers Erzählen kennengelernt, ich war vor Verliebtheit blind gewesen, war blind auf den Abhang zugelaufen, in der Hoffnung, endlich Sinn in meinem bis dato sinnfreien Leben zu finden und befand mich nun im freien Fall. Frei von Hoffnung, frei von Optimismus, frei vom Glauben an irgendeinen Sinn im Leben oder danach.

Es gab keine Liebe, es gab keinen Gott und Teufel, es gab nur sinnfreie Existenz und Tod. Ich wählte die zehn zu meiner Lieblingszahl, nicht weil sie von den genialsten Fußballspielern dieser Erde auf dem Rücken ihrer Trikots getragen wurde, sondern weil die 1 den Anfang von allem symbolisierte und die 0 das Ende, das Nichts. Die 10 war also die umfassendste, die komplette, alles beinhaltende Zahl.

Ich erwachte aus meiner bitter-nostalgischen Kontemplation, zufrieden mit dem, was aus mir geworden war: ein Nihilist, der nichts zu verlieren hatte, dadurch frei war und seine Freiheit lebte und dem zunehmend eine Gelassenheit zu eigen wurde, die nichts mit ihrem simulierten Pendant, der Coolness, zu tun hatte. Von der nahezu unerschütterlichen, wenn auch seit neuestem mit Ansätzen von Selbstzweifel behafteten Souveränität eines Slim war ich allerdings noch weit entfernt. Eifersucht stieg in mir empor, vom Bauch bis in die kribbelnden Fingerspitzen und ins Gehirn, welches den Augen Impulse sandte, die in einem sturen, stieren Blick resultierten.

Während uns die *Sea Queen* ruhig über den weiten Ozean führte, begann ich mich langsam zu fragen, ob nach dem ganzen Unheil, das Slim und ich auf unserer bisherigen Reise so spektakulär angezogen hatten, nun eine Phase der Ereignislosigkeit folgen würde. Ich begann schon, aus Angst vor Langeweile auf ein Unwetter zu hoffen, als sich etwas ereignete, was ich zunächst nicht einzuordnen wusste, was mir jedoch dann die Augen im Hinblick auf meinen Reisepartner ein beträchtliches Stück öffnete.

Es war ein ganz gewöhnlicher Abend und ich hatte vielleicht eine Stunde länger als sonst hinter der Theke gestanden, weil Arthur, ein sonst kontrolliert wirkender Alkoholiker von etwa 70 Jahren, wohl einen Cognac zu viel getrunken hatte und darauf bestand, mir die Geschichte seines finanziell erfolgreichen, aber emotional tristen Lebens zu erzählen. So kam es, dass ich erst gegen halb drei

Uhr nachts die Metallläden der Bar herunterließ und abschloss, bevor ich zu meiner Kajüte ging und müde die Tür zu dem Salon aufschloss, von dem sowohl Slims als auch mein Zimmer abging. Da hörte ich aus Slims Schlafzimmer merkwürdige Geräusche: Ketten rasselten und eine Peitsche knallte, das gedämpfte Aufschreien von Slim, wenig später das Gestöhne seiner Gespielin, leise gesprochene Befehle, dann wieder Peitschenhiebe, erneut ein gedämpftes Aufschreien, diesmal von einer Frau.

'Sieh mal an', dachte ich mir, 'Slim hat eine Partnerin gefunden, mit der er sich sexuell austoben kann. Nicht schlecht. Chapeau.' Auch wenn mir persönlich das Mosochistische weniger lag – Respekt!

Ich legte mich ins Bett und schlief bald mit dem Wunsch nach erotischen Träumen von Herrschaft und Dominanz ein.

Am nächsten Morgen wurde ich etwas früher als üblich wach, weil Slim nach der langen Nacht wohl verschlafen hatte; und das gerade an diesem Tag, wo er doch die Passagiere auf ihrem Landgang (der Name des Hafens ist mir entfallen) begleiten sollte, während ich frei hatte. Nun ging alles schnell, laut und hektisch vonstatten, so etwas hatte ich bei Slim bisher noch gar nicht kennen gelernt; ich hörte ihn im Bad, ich hörte ihn beim Anziehen, hörte ihn gar fluchen und hörte schließlich, wie er die Tür hinter sich zuknallte. Dann herrschte wieder Ruhe.

Als ich zwei Stunden später aufstand, war es auf dem Dampfer ruhig wie selten. Ich trat aus meiner

Kajüte in den Salon und sah, dass die Tür zu Slims Zimmer halb offen stand und den Blick freigab auf sein Bett, auf dem noch die Utensilien der vergangenen Nacht lagen: Handschellen, ein Knebel, eine schwarze Ledermaske, eine Peitsche. Gerade wollte ich die Tür diskret schließen, als mir ein in glänzendem schwarzen Samt gebundenes Buch im DIN A 5-Format in die Augen fiel. Ich konnte nicht widerstehen, ging hin und schlug die erste Seite auf. Dort stand: *Slim Reaper: Meine Reise mit Florian.* Es traf mich wie der Blitz. Diese Gelegenheit würde ich mir nicht entgehen lassen. Bei aller Freundschaft!

Ich blätterte um und begann zu lesen.

18. November
Good old Germany! Ich habe heute einen jungen Mann kennengelernt. Er heißt Florian und scheint wenig Gefallen am Leben zu finden: ein frustrierter Single mit viel Kohle (er ist Personal Manager bei einem Pharma-Unternehmen), aber ohne Familie, Freunde; er hat niemanden, der ihm nahe steht und wartet offensichtlich nur darauf, dass ich ihn aus seiner Lethargie befreie.

Unfassbar! Mein Blutdruck stieg, es pochte in meinen Fingerspitzen. Was war das für ein Schlüssel, den ich gerade in meiner Hand hielt? Was sah Slim in mir? Dass er finanzielle Unterstützung brauchte, hatte er mir nie verheimlicht. Und dass mein Leben vor unserer Reise eher ein ödes Dahinvegetieren war, daraus hatte ich nie einen Hehl gemacht. Dass allerdings meine Passivität und Einsamkeit mich als Reisepartner prädestinierten, das war mir neu. Ich zitterte und fuhr mit der Lektüre fort.

Er scheint finster und intelligent zu sein. Genau so einen Menschen suche ich: besonnen und ruhig, kein flacher Gute-Laune-Dauerlächler, sondern ein Mann, der die Sinnlosigkeit menschlichen Lebens fühlt, obwohl er sie kognitiv noch sehr unzureichend erfasst hat. Ich werde ihn wiedersehen. Er soll mich begleiten. He's the one.

23. November
Good boy! Er kommt mit.

Ganz unrecht hatte er da nicht mit der Charakterisierung meiner Person. Ich war ein Außenseiter in meiner sich selbst betrügenden Fun-Generation, deren Mitglieder den sicher selten lieben, aber meist langen Tag eine pseudo-coole Miene aufsetzten und ihrer Unfähigkeit, das Leben so zu sehen wie es war, mit oberflächlichen Späßen entgegentraten. Pfui Teufel, von der Sorte gab es wirklich mehr als genug.

4. Dezember
Florian (Warum haben sich seine Eltern nur diesen

grausamen blumigen Vornamen für ihn ausgesucht?) ist ein unaufdringlicher Begleiter, er wirkt zwar noch etwas touristisch in seiner kulturellen Neugier, lässt sich aber auf meine Art zu reisen ein. Ein Greenhorn, yes, aber eines, das ich nach meinem Willen formen kann. Mein Zauberlehrling.

Nach deinem Willen? Und was willst du? Was soll ich werden? Was soll das! Was hast du mit mir vor?

05. Dezember
Eben ist an unserem Tisch ein Mann gestorben. Er hat sich verschluckt, würde man sagen. 'Bolustod' nannte es der Arzt. Hört das denn nie auf?! Es ist wie ein Fluch, es geht immer weiter. Es scheint, als verfolgen sie mich für immer, diese Geister. Der meines Vaters und die seiner Opfer. Mir bleibt nichts übrig als mein Schicksal anzunehmen. Es ist höhere Gewalt, ich habe keine Chance.

Wovon sprichst du, Slim? Was ist vorher passiert? Welcher Fluch? Verdammt nochmal, welche Geister? Welche Opfer?

Ich legte das Tagebuch aus der Hand. *Tagebuch* war etwas übertrieben. Slim schien nicht regelmäßig, schon gar nicht täglich seine Gedanken zu Papier zu bringen, wohl nur dann, wenn ihn emotional etwas aufgewühlt hatte. Dabei hatte ich gedacht, dass es gar nichts geben könnte, was seine Gefühle so richtig in Wallung brachte, nichts, was ihm Emotionen entlocken oder ihn aus der Fassung bringen könnte. Fast unmenschlich kam er mir vor in seiner nüchternen Rationalität, erhaben über allem stehend, immer kontrolliert und souverän. Einer, so dachte ich, dem das Leben so wenig anhaben konnte wie der Tod. Und sein ganzer Habitus hatte jene distanzierte Aura der Zeitlosigkeit, die mich in meiner Haltung ihm gegenüber weiter bestärkte. Doch nun zeigten sich erste Risse in der glatten, schwarzen Fassade, allerdings war das, was durch diese Risse aus dem Hintergrund durchschien, so dunkel, dass sich mir noch keine Konturen zeigten.

Slims geschriebene Worte zogen mich wieder in ihren Bann. Da er für jeden neuen Eintrag ein neues Blatt begonnen hatte, blätterte ich um und las, was er gut drei Wochen später verfasst hatte.

27. Dezember

Ein Flugzeugabsturz. Daran trage ich keine Schuld. Doch ich habe diesem Geschäftsmann gestern abend geholfen, damit er eben diese Maschine noch erreicht. Und dann das!

*Es ist mein Schicksal ... Und dennoch! Auch wenn ich gelernt habe, mich äußerlich mit den Dingen, so wie sie sind, zu arrangieren, fühle ich tief in mir drin, da, wo niemand hinein sehen kann, dass es mich trotz aller philosophischer Gelassenheit erschüttert. Warum ich? Aber das weiß ich ja. Auch wenn ich gar nichts Böses wollte. Was **ist** überhaupt*

Verantwortung?

Na sieh mal einer an. Ein gefühlsduseliger leidender Slim, der fast in Selbstmitleid zergeht. Wer hätte das gedacht? Und unwillentlich schuldig? Das ergibt doch keinen Sinn.

04. Januar
Er muss noch viel lernen.

Damit meint er mich, das ist sicher.

Impulskontrolle wäre wichtig. Sein lächerlicher Ärger über Banalitäten des täglichen Lebens, seine Anflüge von Begeisterung und seine Freude, sein Mitleid; ihm fehlt die Abgrenzung. Nichts hat er verstanden vom nutzlosen Kampf des Lebens. Vom sinnlosen Engagement um Gerechtigkeit und eine bessere Welt. Von der Macht des Todes, der das Leben letzten Endes doch immer besiegt. Nichts hat er kapiert. Noch immer ein Greenhorn.

Es tut mir weh. Der Meister, dem nachzueifern ich versuche, hält mich offenbar für einen erbärmlichen Schüler. Dabei habe ich, seit ich ihn kennengelernt habe, versucht, ihn mir zum Vorbild zu nehmen und ihn in Habitus und Gestus zu kopieren, nur einen Stanton will ich mir nicht auf den Kopf setzen, trage dafür jedoch in heißeren Gefilden einen Strohhut. Ich bemühe mich um langsamere Bewegungen, eine gemachere Gangart, was mir zugegebenermaßen jedoch nicht immer gelingt und meine gleichgültige Lethargie ist, so denke ich zumindest, einer nihilistischen Philosophie gewichen, mit der ich verächtlich aus Vogelperspektive mit schrägem Blickwinkel auf die Menschen herabblicke, Slim natürlich ausgenommen, der schwebt über mir.

09. Januar
Das war ein widerlicher Tag. Zu sehen, wie diese Riesenechse sich an John festbeißt, war selbst für meinen schwarzen Humor zu derb und düster. John war sicher nicht der sympathischste Zeitgenosse und Sue ist borniert, langweilig und öde. John wird der Welt nicht fehlen und die Welt hätte Sue nicht gebraucht. Und trotzdem: die schrecklichen, furchtbaren Begleitumstände von Johns Zerfleischung als Folge selbstgefällig-trunkener Sorglosigkeit sind so widerwärtig, dass allein die Vorstellung davon mich die Augen angewidert zukneifen und meine Mundwinkel verkrampft nach außen ziehen lässt. Dabei entstehen Runzeln auf meiner Stirn, mein Gesicht verliert an Höhe zugunsten der Breite.
Auch wenn mir John als Lebender so egal war wie er mir als Toter ist: derartige Erlebnisse brauche ich nicht; aber vielleicht wirkt die Schocktherapie ja auf meinen Eleven.

Das hört sich zwar nicht gerade empathisch an, aber offensichtlich ist selbst Slim bis zu einem gewissen

Grad empfindsam. Und ich habe schon sein Menschsein hinterfragt.

Das war anscheinend Slims letzter Eintrag in diesem Reisetagebuch. Ich hielt den samtenen Band noch minutenlang gedankenschwer in beiden Händen, nicht wissend, wie mir war und unfähig, meine Gedanken, die wild wie die Patronen eines Kugelhagels in einem drittklassigen Italo-Western durcheinander flogen, bis ich schließlich vergessen hatte, dass ich überhaupt etwas in Händen hielt und diese nun in einer derartig ungelenken Weise bewegte, dass das Tagebuch zu Boden fiel. Und aus ihm heraus drei Zeitungsausschnitte, die Slim wohl hineingelegt haben musste. Ich wurde neugierig.
Alle Artikel stammten aus der *Kent Daily News* und waren vor gut dreißig Jahren veröffentlicht worden.
'Herald of Free Trade Disaster – 12 Tote' war die Überschrift des ältesten der drei Zeitungsberichte.
Ob er wohl einen oder eine der zwölf Toten gekannt hatte?
Ich las, besessen von der Möglichkeit, Slims Wesen weiter zu entblättern.

Kent (ap) Am gestrigen Mittwoch gegen 04:20 Uhr ereignete sich auf dem Ärmelkanal zwischen Calais und Dover ein schweres Fährunglück, dem zwölf Menschen zum Opfer fielen, darunter sechs Briten, fünf Franzosen und ein Deutscher.
Es war noch vor Sonnenaufgang, als auf hoher See

bei leichtem Sturm die Fähre 'Herald of Free Trade' aus noch ungeklärter Ursache in extreme Schieflage geriet und kenterte.
Augenzeugenberichten zufolge war ganz unvermittelt Wasser in den hinteren Teil des Schiffes gelaufen, nachdem sich offenbar die Heckklappe geöffnet hatte. Da zu diesem Zeitpunkt die meisten Leute schliefen, dauerte es eine ganze Weile, bis die ersten der knapp zweihundert Passagiere registriert hatten, was vor sich ging.

„Ich wurde wach, als mein Bett plötzlich von einer Seite zur gegenüberliegenden Wand rutschte", erzählte uns Jeff Chesterton (53), der von einer Geschäftsreise aus dem französischen Lille kam.

„Ich zog mir schnell Hemd, Hose und Schuhe an und lief hoch aufs Oberdeck, wo bereits helle Panik herrschte. Die Fähre lag schräg im Wasser, so dass die Menschen sich so gut sie konnten an jedwedem Gestänge festhielten. Die Leute schrien, Kinder heulten, während die Crew versuchte, die Passagiere übers Megafon zu beruhigen. Sie sagten, die Küstenwache sei bereits unterwegs. Außerdem wurden Schwimmwesten ausgegeben. Es schien Ewigkeiten zu dauern, bis die Rettungsboote endlich kamen und uns aufnahmen. Es war schrecklich."

Für zehn junge Menschen kam die Rettung jedoch zu spät. Sie waren auf dem Oberdeck eingeschlafen und gingen über Bord, als das Fährschiff aus der Balance geriet.

Margaret Thornten, eine Studentin aus London, konnte sich selbst gerade noch retten.
„Da war dieser junge Deutsche neben mir", erzählt sie, „Herbert. Wir hatten uns ein wenig unterhalten, er sprach ganz gut Englisch und wollte eine Freundin in Brighton besuchen. Er war todmüde und hatte auch ein paar Bier intus. Als die Fähre in Schräglage geriet, konnte ich mich noch am Geländer festhalten, er aber nicht. Er rutschte meterweit übers Deck und wurde über die Reling geschleudert, er hatte keine Chance. Ich schrie 'Hilfe!' und 'Mann über Bord!' aber alle waren mit sich selbst beschäftigt. Ich , ich kann es immer noch ..."
Der jungen Frau kommen die Tränen, sie bricht förmlich zusammen.

Auch Alex Stunt (34) aus Birmingham, der mit seiner Frau Abigail auf dem Schiff war, berichtete von einer Beobachtung.
„Da war dieser Junge, der aus der Steuerkabine kam und nur noch entsetzt geradeaus sah. Der wechselte innerhalb von Sekunden die Gesichtsfarbe von blass zu grün. Dem muss etwas besonders Schlimmes widerfahren sein."

In London kondolierte der Premierminister den Angehörigen und versprach lückenlose Aufklärung der Umstände der Katastrophe.

Neben dem Kommentar von Alex Stunt konnte ich das Wort *FUCK* entziffern, das mit Kugelschreiber in Großbuchstaben an den Rand des Artikels gekritzelt worden war.

Einen ausgedehnten Moment lang hielt ich inne, versuchte, mich zu sortieren und mir die grauenvolle Szenerie an und unter Deck vorzustellen. Bilder aus dem Hollywood-Streifen *Titanic* kamen mir in den Sinn, von Menschen, die verzweifelt versuchten, sich an etwas zu klammern und sei es das Bein des Nebenmannes, der unter Umständen auch ein Kind sein konnte. Mit fasziniertem Ekel stellte ich mir vor, wie ein schwergewichtiger Mann in seinem Überlebenskampf das Bein eines kleinen Mädchens ergriff und dieses dann mit in den Tod riss. Ähnliche Szenen könnten sich auf der *Herald of Free Trade* abgespielt haben. Szenen, in denen der natürliche Überlebenswille Menschen in Panik zu egoistischen, zivilisationsfernen Monstern werden ließ. Aber welche Rolle spielte Slim in diesem gnadenlosen Spiel? Er musste jemanden auf der Fähre gekannt haben, nein! - er selbst musste das Unglück miterlebt und überlebt haben. Und, das wurde mir nun klar, die Katastrophe hatte Slim nicht kalt gelassen, sonst hätte er die drei Zeitungsausschnitte nicht so lange an so prominenter Stelle aufbewahrt. Etwas nachhaltig Prägendes musste ihm widerfahren sein.

Vielleicht gaben ja die anderen beiden Artikel mehr Aufschluss.
Ich nahm den zweiten Zeitungsausschnitt und lehnte mich zurück, doch mein Körper blieb in erwartungsvoller, aufgeregter Hochspannung.

'Fährmann zu acht Jahren Haft verurteilt'
Kent (ap) Darth Reaper, der Steuermann der 'Herald of Free Trade', die vor genau neun Monaten auf der Überfahrt von Calais nach Dover kenterte und dabei zehn Menschen in den Tod riss, wurde gestern in Dover zu acht Jahren Haft wegen fahrlässiger Tötung in zehn Fällen verurteilt. Reaper (53) hatte gestanden, die Steuerkabine eine halbe Stunde vor dem Unglück verlassen zu haben, allerdings bleibt unklar, warum er die Kabine verließ und ob er für die Zeit seiner Abwesenheit eventuell einem anderen Mitglied der Crew seine Aufgaben übertragen hatte.
Nach Zeugenaussagen wurde ein Jugendlicher gesehen, der panisch aus dem Steuerraum rannte, als die Fähre sich bereits in Schräglage befand. Bei dem Teenager könnte es sich um den Sohn des Fährmanns handeln. Auf Grund widersprüchlicher Zeugenaussagen konnte dies jedoch nicht bewiesen werden.
Die Staatsanwaltschaft ging deshalb von der alleinigen Schuld des Angeklagten aus. Das Gericht folgte in seiner Urteilsbegründung der Argumentation des Anklägers, merkte jedoch an, dass auch nach Abschluss der Untersuchungen wesentliche Aspekte

der Geschehnisse auf der 'Herald of Free Trade' noch im Dunkeln blieben.
Gegen das Urteil kann Revision eingelegt werden, Reaper kündigte jedoch bereits an, nicht von dieser Möglichkeit Gebrauch machen zu wollen.

Die dichten Wolken, die das Bild meines Reisebegleiters (oder Reiseführers?) bisher weitgehend verborgen hatten, lüfteten sich zunehmend und ließen mich tiefer und tiefer in Slims traumatisierte Seele blicken. Nach und nach wurde mir klar, welch tonnenschweres Gewicht auf ihm lastete; Slims ganzes Gehabe, sein Auftreten, seine zynische Abgeklärtheit, das alles war weiter nichts als ein Schutzanzug, der ihn davor bewahrte, zu stark mit seiner eigenen Existenz, seiner eigenen Persönlichkeitsgeschichte konfrontiert zu werden. Er war auf der Flucht. Auf der Flucht vor seiner eigenen Vergangenheit. Eine Vergangenheit, die um die Stunden der Schiffskatastrophe kreiste und mit der er den Umgang mied, verweigerte, ja ausblendete.

Es war glasklar: **er** war der Junge. Der Junge, der aus der Führerkabine der Fähre gerannt kam, als schon alles zu spät war. **Er** war es, dem sein Vater das Steuer überlassen hatte und der das Vertrauen, das sein Dad in ihn gesetzt hatte, nicht gerechtfertigt hatte. **Er** war es, dessen Manövrierfehler das Kentern der Fähre und damit den Tod von zehn Menschen verursacht hatte.

Aber war er verantwortlich? Schuldig am Tod der

Bert Ron: Nächtlicher Besuch

Opfer? Nein! Juristisch gesehen ohnehin nicht, selbstverständlich durfte einem Minderjährigen ohne entsprechende Ausbildung die Aufgabe, ein Schiff zu lenken gar nicht übertragen werden. Und moralisch? Niemand könnte ernsthaft einen Heranwachsenden zum Kadi ziehen dafür, dass er sich vielleicht selbst überschätzt hatte oder gar nur ein guter Junge sein wollte, der den Wunsch hatte, seinen Vater stolz auf ihn zu machen.

Allerdings konnte ich gut nachvollziehen, dass Slim sich selbst Vorwürfe machte: eventuell hätte er es ja besser wissen können, müssen. Vielleicht hätte er ja auch einfach die Bitte seines Vaters, ihn zu vertreten, ablehnen müssen.

Mir wurde auf einmal bewusst, wie ich vom Analytischen ins Spekulative abglitt und ich zwang mich, mit meinen Fantastereien aufzuhören.

Schließlich gab es noch einen dritten Zeitungsausschnitt, der mir helfen könnte, das Dunkel in Slims Geist zu beleuchten. Dieser Artikel war erst sieben Jahre nach dem Unglück veröffentlicht worden. Gebannt glitten meine Augen über die einzelnen Wörter und Sätze.

Kent (ap) 'Selbstmord in Haftanstalt'
Wie am gestrigen Vormittag aus der Pressestelle des Polizeipräsidiums Dover verlautete, hat sich Darth Reaper, der seit sieben Jahren wegen fahrlässiger Tötung von zehn Menschen im Zusammenhang mit dem Fährunglück der 'Herald of Free Trade' (Infos

unter www.kent-daily-news.uk) in der Justizvollzugsanstalt Dover einsaß, in der Nacht von Sonntag zu Montag das Leben genommen. Ein Beamter fand ihn erhängt in seiner Zelle auf. Nach Angaben von Detective Sergeant Ruthwright, dem Sprecher der lokalen Kriminalpolizei, gibt es keinerlei Anzeichen von Fremdeinwirkung. Der Tote lässt seine Witwe und den 22-jährigen Sohn zurück.

Ich erschrak. Welch ungnädiges Schicksal! Was für eine Tragödie! Was für ein Trauma! Wie mag Slim sich nach jenem verhängnisvollen Akt der Selbsttötung gefühlt haben?Wie der Sohn, dessen skrupelvoller Vater alle Schuld auf sich genommen hatte, damit sein Filius befreit von aller Last ein unbeschwertes Leben führen konnte? Bestimmt nicht! Eher mögen zentnerschwere neue Gewichte sich auf sein Gemüt gelegt haben, sicher belastete die Schwere des väterlichen Todes die jugendliche Seele noch zusätzlich.

Und wer weiß, ob die unermessliche, schwerst erträgliche Last, die er zu schultern hatte, nicht auch noch von seiner Mutter und – so mutmaßte ich – ihrem „Wärst-du-doch-damals-nicht" und „Hättest-du" intensiviert worden war.

Nein, Slims Entscheidung zu reisen ohne anzukommen war weit davon entfernt, ein rationaler Entschluss auf der Basis profunder philosophischer Gedanken und Erkenntnisse zu sein. Es war die Flucht vor den Erinnerungen an sein eigenes

Schicksal, ein Davonrennen vor einer Wahrheit, der entschlossen entgegenzutreten ihm der Mut fehlte. Die Kapitulation des gesunden Menschenverstandes vor den Tiefen dunkler Gefühlswelten. Wenn Weisheit intelligent reflektierte Erfahrung mit logischer Handlungskonsequenz war, dann war Verdrängung einfach töricht.

Alles, was ich an Slim so bewundert hatte, was ich als von Selbstbetrug freie, gnadenlos ehrliche, sich den Unbillen des Lebens verweigernde, kompromisslose Haltung gesehen hatte, eine Haltung, die mich restlos überzeugt hatte, all das, wofür ich ihn noch immer auf ein Podest hoch oben vor mich stellte, damit er mein Idol sei und mir messianisch den richtigen Weg zeige, dieses ganze Konstrukt, auf dem meine Anbetung fußte, wurde nun durch ein paar Blatt Papier mit Buchstaben drauf seinem Zerfall, seiner Auflösung preisgegeben. Nichts davon blieb.

Weg mit dem Ehrfurcht erbietenden Sockel und meiner verfluchten Götzenanbetung. Was war es denn, sein Reisen ohne anzukommen?! Ein Weg ohne Ziel, trinken ohne betrunken zu werden, unbefriedigender Sex.

Wut flammte in mir auf und ich konnte nicht anders, als den negativen Energien, die meinen Körper elektrisch aufzuladen schienen, Tribut zu zollen, indem ich sein Tagebuch, welches seinen Namen sicher nicht annähernd verdient hatte, mit einem animalisch-archaischen Schrei, gefolgt von einem

Fuck! quer durch die Kajüte schleuderte und mit bitteren Tränen voller Entsetzen sah, wie das Enthüllungswerk des unfreiwilligen Depressionisten eine Flasche Whisky (Black Label, was sonst!) zerbarst, so dass die braune Flüssigkeit sich nun gemischt mit kleinen Scherben über den in schwarzem Samt gebundenen Band ergoss.

Ich fühlte mich weder fähig noch willens, mich zu diesen Symbolen der Zerstörung meines mühsam errichteten Gedankengebäudes zu begeben, vielmehr genoss ich nun die metaphorische Demontage des Götzenbildes, das den schon im Entschweben begriffenen Maestro zurück auf irdischen Boden holte, dorthin, wo ich ihm nun konfrontierend von Auge zu Auge, von Angesicht zu Angesicht beggenen konnte.

Ich erkannte, dass jeglicher Versuch, das Erfahrene vor Slim zu verheimlichen angesichts der prekären Beweislage geradezu lächerlich gewesen wäre. So entschloss ich mich, mein Glück in der Offensive zu suchen.

Noch am selben Abend würde ich ihm die Wahrheit nicht beichten, sondern um die Ohren hauen. Es würde ihm gehen wie seinem *Black Label* und meine Worte würden den *great pretender* treffen wie ein wild geworfenes, gebundenes Buch eine freistehende Flasche.

Während ich die Scherben grob aufsammelte und neben das Buch auf den Tisch legte, sah ich im spiegelnden Fenster, wie sich auf meinem Gesicht ein maliziöses Lächeln bildete, voller Vorfreude auf das Gespräch, das ich bald mit ihm führen würde.

In teuflischer Erwartung unserer bevorstehenden Unterhaltung begab ich mich mit gefährlich wiegendem, langsamen Schritt auf mein Zimmer. Tagträumend malte ich mir schon aus, wie ich seine Vorwürfe ob der Schändung seines Tagebuchs ins Leere laufen ließe, um ihm dann mit der Macht meines Wissens den Sockel so unter seinen Füßen wegzuziehen, dass er jämmerlich mir zu Füßen landete. Ich sehnte den Moment förmlich herbei.

Ein Stimmengewirr kündete die Rückkehr Slims und der ihn begleitenden Touristengruppe an. Alle schienen in freudiger Erregung durcheinander zu plappern, offensichtlich beseelt von dem, was sie gesehen hatten. Sonore Stimmen und Frauengelächter erhoben sich zeitweise aus dem phonetischen Brei, der deutlich auf eine wohlgelaunte Gesellschaft schließen ließ. Die Menschen kamen näher, die Stimmen wurden lauter. Da hörte ich plötzlich etwas, was meine Gedanken für einen Moment in Bewegungslosigkeit erstarren ließ.

I'm walking down the highway
'coz I got nowhere to go.
Yes I'm walking down the highway
'coz I got nowhere to go, yeah yeah
Well I left so much behind

that my spirits are always low ...

Blitzartig hatte ich Slims wohlklingenden Bass erkannt. Auch wenn ich ihn noch niemals singen gehört hatte. Und ich hatte mir bisher auch nie einen singenden Slim vorgestellt. Nicht mal vorstellen können. Selbst nicht, wenn es sich wie jetzt um einen Blues handelte. Es war, als würde man nun mir den Sockel, den ich gedanklich schon unter Slims Füßen weggezogen hatte, um mich selbst darauf zustellen, wegziehen, noch bevor ich selbst hinaufgestiegen war. Ein singender Slim! Mein Weltbild bröckelte. Aber warte nur, mein ach so britischer Freund! Vielleicht bin ich ja nun da, wo du immer sein wolltest. Der, der du zu sein immer vorgegeben hast, vielleicht bin ich der jetzt. Und du der Anti-Phönix, der aus dem Himmel in die Asche stürzt.

Lachend - nein, kein Scherz! - lachend betrat Slim das Schiff und ich konnte durch die Luke eine Frau an seiner Seite erkennen: schwarzes Haar, dunkler Teint, die Augen hinter einer mattschwarzen Sonnenbrille versteckt, ein schwarz-glänzender Mantel, darunter eine eng anliegende, ebenfalls schwarze Lederhose und schwarze Stiefeletten mit silbernen Schnallen und hohen Absätzen. Lady in black. Nur ein blutrotes Halstuch brachte Farbe in das Dunkel ihrer Kleidung. Sie war vielleicht Mitte vierzig, ihre Figur hatte jedoch eindeutig noch nicht begonnen, unter dem fortschreitenden Alter zu leiden. Lange Beine, schöne Rundungen. War diese feminine Person wirklich Slims Sexgefährtin? Ich versuchte mir vorzustellen, ich wäre mit ihr im Bett und wir würden Sado-Maso-Spielchen miteinander treiben. Ich hätte sie gefesselt und thronte über ihr, sitzend auf ihrer Brust, ihren Kopf zwischen meinen Oberschenkeln eingeklemmt, ein böses lüsternes Lächeln im Gesicht und meine Genitalien unmittelbar vor ihrem Mund ...

Ich spürte die Erektion in meiner Hose und mir wurde heiß, doch ich wollte nicht, dass meine so wunderbar gewachsene Wut sich meiner geilen Lüsternheit unterwarf und zwang mich aus meiner Phantasie, indem ich ins Bad ging und mir das Gesicht mit kaltem Wasser wusch.

Als ich wieder zurück kam, schloss Slim gerade die Tür auf und trat ein, begleitet von der Lady in black.

„Hi", begrüßte er mich ungewohnt gut gelaunt auf Englisch, „you had a good day?"

„Sure", antwortete ich mit bitterem Unterton, „bei dir erübrigt sich die Frage."

„Darf ich vorstellen? Das ist Mar. Mar -" er blickte seine Begleiterin an, „mein Freund und Reisebegleiter Florian."

„Angenehm." Sie streckte mir die Hand entgegen, die ich kurz drückte und sofort wieder losließ.

„Hallo", brachte ich nur heraus.

„Wir sehen uns später", flötete Slim und ließ mich in dem desolaten Zustand, in dem ich mich befand, zurück: den Bauch voller Wut, eine Wut, die sich so gerne mit furioser Wucht boshaft und lautstark, gemein und bedrohlich entladen hätte, doch nun kein Ventil fand; Tränen des Zorns stiegen mir in die Augen. Ich nahm mich zusammen und musste mich beherrschen, um nicht Würde und Selbstkontrolle zu verlieren. Wie gern hätte ich doch wenigstens die Tür zu meinem Zimmer mit einem Knall zugeworfen, der Slim und Mar in acht Meter Entfernung aus der Koje geworfen hätte.

Aber so wollte ich mich dann doch nicht gehen lassen, nicht jetzt, wo ich im Begriff war zu lernen, souverän und äußerlich gelassen mit den Grausamkeiten unserer Existenz umzugehen. Also setzte ich mir die Kopfhörer auf, legte eine CD in den Discman und drehte die Lautstärke bis zum Anschlag auf: *„Hit me with your rhythm stick, hit me, hit me, c'est si bon, c'est fantastique, hit me ...* " sang Ian Dury, ich sang mit und masturbierte rhythmisch dazu, panisch vor Angst, mein innerer Druck könnte sonst einen Herzinfarkt verursachen oder mich einfach wie einen Molotov-Cocktail explodieren lassen. „Hit meeeeeeeeee!"

Erschöpft schlief ich ein, während ich aus Slims Zimmer gedämpft durch zwei Wände einen orgiastischen Orgasmusschrei aus Mars Kehle hörte.

Erst gegen zwei Uhr nachts wachte ich wieder auf. Ich fühlte, wie trocken mein Mund war und suchte nach einer Flasche Wasser, da hörte ich sie schon wieder, die lüsternen Laute der Vornacht, die Peitschenhiebe, dazwischen laut gehauchte, mir

unverständliche Worte.
Gott, würde das jetzt jede Nacht so gehen?!
Egal, meine Stunde würde kommen.

Natürlich war Mar mir nicht gänzlich unbekannt. Ihr Outfit, das zu edel war, als dass man es der Kategorie *gothic* hätte zuordnen können, war doch auffällig unter den sonst eher unauffällig gekleideten Passagieren. Aber noch stärker waren mir ihre Augen aufgefallen. Dunkel und tief nisteten sie in ihren Höhlen und statteten sie mit einer Aura aus, die sie durch ihr Verhalten verstärkte; sie sprach nicht viel, war jedoch höflich, wenn auch unverbindlich und schien unnahbar, undurchdringlich. Mar, das spanische Wort für Meer. *'Nomen est omen',* dachte ich mir.

Am nächsten Tag hatte Slim frei und auch ich musste meine Arbeit erst am späten Nachmittag beginnen. Ich hörte, wie er zusammen mit Mar in unserem gemeinsamen Raum frühstückte und wartete ab, wohl wissend, dass sie bald gehen würde. Dann trat ich ein. Slim drehte sich gerade seine Frühstückszigarette, ich roch den *Schwarzen Krauser*. Einen kurzen Moment lang herrschte eine gespannte Stille, dann entschloss sich Slim, mich ungewöhnlich fröhlich zu begrüßen.
„Good morning, my friend", swingte er mir entgegen, „ 'd you sleep well?"
„Danke", erwiderte ich trocken und wollte mich ganz

bewusst nicht zu seiner Muttersprache hinüberziehen lassen. Was jetzt geschehen würde, war nichts anderes als eine Schlacht, und wer in seiner Muttersprache sprechen durfte, hatte einen deutlichen Vorteil. Und diesen hatte schon mal ich. Gewohnheitsmäßig. Und würde ihn mir auch unter keinen Umständen nehmen lassen. Auch wenn Slim es auf die joviale Tour versuchte, so wusste ich doch, dass er die Lage längst durchschaut und analysiert hatte und nun dabei war, sich eine Kampftaktik zurecht zu legen.

Ich allerdings auch. Ich musterte ihn ganz genau, so wie eine Katze einen kleinen Hund mustert, der ihr lange nachgelaufen ist und jetzt hechelnd vor ihr steht, während sie den optimalen Moment für die erste Attacke abwartet.

„Du bist ein feiger Lügner, Slim. Ein Schaumschläger, ein elendes Würstchen. Ein Opfer bist du, nichts als ein Opfer."

Ich hatte die Tatze ausgefahren und war mir sicher, einen Wirkungstreffer gelandet zu haben. Slim duckte sich nicht weg, wich nicht aus, konterte trocken.

„Oh! Mein Freund hat mein Tagebuch gelesen und nun beschlossen, nicht mehr mein Freund zu sein?! So geht man doch nicht mit einem Freund um."

„Rede dich nicht raus. Es lag da, ich hab's gelesen und werde mich nicht dafür entschuldigen. Wenn sich hier einer zu entschuldigen hat, dann bist das gefälligst du!"

„Gefälligst ich? As you please. Sorry. - Wofür bitte?"

„Wofür?! Du belaberst mich seit Beginn unserer Reise, verklärst dein schlechtes Gewissen zur Philosophie und bist dabei nichts weiter als ein seelischer Krüppel, der vor der Schuld seiner Vergangenheit davon rennt. Und mich hast du nur ins Boot geholt, weil du Geld brauchtest."

Ich hatte mich so in Rage geredet, dass Slim gar nichts anderes mehr übrig blieb, als dem Hass in meinen Augen nun selbst aggressiv entgegenzutreten.

„My dear friend", - in der überheblichen Betonung der inhaltlich völlig unangemessenen Ansprache lag etwas Bedrohliches - „ich habe dich nicht belogen. Ich habe dir von Anfang an gesagt, dass ich dein Geld brauche. Und zum Dank habe ich dich aus deiner öden Gefängniszelle heraus geholt zurück ins Leben. Oder nicht? Willst du wieder in dein Büro zurück? In diese Gruft? Oder lieber in den Sarg, den du Wohnung nanntest? Ja? Willst du das?!"

Ich hatte das Gefühl, den Mund nicht aufmachen zu dürfen, aus Angst, es könnte sich Schaum vor den Lippen bilden. Er hatte meine schwache Stelle erwischt. Ich wusste es, er wusste es.

Und setzte nach.

„Wer hat dich gezwungen, mit mir zu kommen? So wie ich zu reisen? Die Dinge so zu sehen, wie ich sie sehe? Wer? Wer!"

Obwohl wir in etwa die gleiche Körpergröße hatten, hatte ich das Gefühl, er schaute auf mich herab.

„Du hast mir das Wichtigste verschwiegen", wehrte ich mich, „ich dachte, du hättest eine Philosophie entwickelt, du hättest die Welt wirklich durchschaut. Und dabei weißt du selbst genau, dass du nur geflüchtet bist. Weil du nicht mit deiner Schuld klar kommst. Zehn tote Menschen!"

Ich hatte die Contenance gänzlich verloren; Tränen standen mir in den Augen, Zornesröte verunstaltete mein Gesicht.

„Du weißt, dass ich in meinem damaligen Alter nicht wirklich schuldig sein konnte. Schon gar nicht im juristischen Sinne. - Und selbst dir, mein liebes Greenhorn, sollte bewusst sein, dass die Gedanken nicht unabhängig von unseren Gefühlen sein können. Und schon gar nicht von unseren Traumata der Vergangenheit. - Oder dachtest du, ich sei eine Maschine?" Er lächelte mitleidig.

„Ich habe an dich geglaubt." Ich versuchte es auf die pathetische Art. „An dich und deine Sicht aufs Leben."

„Du hast dich selbst zum Apostel meiner dunklen Welt gemacht. Aus freiem Entschluss! – Ich war wohl recht überzeugend", grinste er.

Diese narzisstische Gehabe war zu viel.

„Du Arschloch!"

Ich rannte auf ihn zu und wollte ihn niederschlagen, doch er hatte meine böse Absicht antizipiert, ließ mich ins Leere laufen, griff meinen Arm und warf mich zu Boden.

„Und übrigens", meinte er dann noch süffisant,

„Denkweisen können sich ändern, manchmal sogar durch schöne Erlebnisse zum Positiven hin."

Er ließ mich liegen und verschwand in Richtung Schiffsdeck.

Ich blieb eine Zeit lang liegen, wollte erst gar nicht aufstehen, doch dann krabbelte ich zwei Meter, zwang mich dann in eine aufrechte Position, stolperte auf mein Zimmer und warf mich auf mein Bett. Ich heulte und wusste nicht einmal genau warum.

Ich musste wohl eingeschlafen sein. Als ich wieder aufwachte und, noch etwas dösig, meiner Armbanduhr entnahm, dass es schon fast 14 Uhr war, ging es mir hundeelend. Ich fühlte mich wie nach einem Vollrausch, im Mund ein schaler Geschmack, mein Schädel brummte und mein Gleichgewichtssinn schien stark aus der Balance gekommen zu sein, denn als ich mich aufrichtete, musste ich mich gleich am Bettgestell abstützen, um eine unfreiwillige Rückkehr in die Horizontale zu vermeiden. Spontan beschloss ich, mich heute krank zu melden, in meiner momentanen Verfassung war ich ohnehin mit Sicherheit nicht in der Lage, den Gästen ihren Aufenthalt an Bord angenehmer zu gestalten.

Doch es war gar nicht mein mutmaßlich versagender Gleichgewichtssinn, der mir den sicheren Gang verwehrte; erst jetzt nahm ich den orkanartigen, heulenden Wind wahr, der die Wellen toben und unser Schiff hin und her schwanken ließ. Ich vernahm Schreie, wild durcheinander und unverständlich, wie Peitschenhiebe traktierten Wassertropfen die Luke meiner Koje, ein gewaltiges Tremolo im Millisekunden-Rhythmus, das mir den klaren Blick nach draußen verwehrte.

Ich rannte heraus, hörte das Schreien von Männern, Frauen und Kindern, Türen wurden zugeschlagen, Gegenstände aus Porzellan und Glas fielen zu Boden, zerbarsten und rutschten über die Korridore.

Ich stolperte durch den Flur des Unterdecks, instinktiv und ohne Ziel und suchte mit ausgestreckten Armen nach beiden Seiten nach Halt an den Wänden, da sah ich Slim. Er stand auf der obersten Stufe der Treppe zum Sonnendeck, schaute entsetzt durch das Fenster der Holztür, die er laut *Shit!* schreiend öffnete.

'Mein Gott, was macht der da?' dachte ich und folgte ihm bis zur Tür, da sah ich, wie er einem kleinen, laut kreischenden Jungen, der hilflos als Spielball des Sturmes über das Deck rutschte, nachstellte und ihn schließlich zu fassen bekam. Er schleppte ihn bis zur Tür, die ich dann öffnete. Der Junge weinte, war aber anscheinend unverletzt. Eine Frau kam aus ihrer Koje gerannt, rief mit herzerweichender Stimme „Nicky!" und schloss den Knaben für wenige Sekunden in ihre Arme, bevor sie ihn in Sicherheit brachte, nicht ohne zuvor Slim mit einem Blick zu würdigen, der mehr Dankbarkeit ausdrückte als Worte es zu tun vermögen.

Slim, noch hechelnd auf der Treppe sitzend, lächelte,

dann fiel er unvermittelt um und verlor das Bewusstsein.

Erst jetzt sah ich, dass er sich bei seiner Rettungsaktion verletzt hatte, Blut rann aus einem etwa vier Zentimeter langen Cut an seiner rechten Augenbraue.

Meine Hilferufe wurden bald gehört und Jonathan, ein unsportlich aussehender Schlacks, der Unmengen an Bier trinken konnte, ohne dass man es ihm anmerkte, half mir, Slim auf sein Zimmer zu bringen und in sein Bett zu legen. Er atmete ruhig, wir riefen einen Arzt, der seine Wunde versorgte und mich bat, auf ihn Acht zu geben, bis er wieder aufwachen würde. Dann verabschiedete er sich, Jonathan tat ihm gleich.

Ich beäugte Slim, wie er da lag mit seiner frisch getackerten Wunde. Als ich ihm die nassen Kleider auszog, bemerkte ich eine dünne Silberkette um seinen Hals, mit einem schwarzen Anhänger, der einem Sarg ähnelte. Sofort verstand ich, dass es sich dabei um ein Behältnis handeln musste, welches sich öffnen ließ.

'Die Herbstzeitlose', fuhr es mir intuitiv durchs Gehirn, 'jene todbringende Blume – genau, wie ich es mir ausgemalt habe!' Und ich ließ das Amulett durch die Finger gleiten, genau prüfend, wie der Öffnungsmechanismus zu betätigen sei.

Just in diesem Moment kam das Bewusstsein zu Slim zurück.

„Ist der Junge okay?" fragte er.

„Unversehrt", antwortete ich, „bei seiner Mama."
Er lächelte.
„Ich habe furchtbare Kopfschmerzen", stöhnte er gequält, „mich hat eine Flasche am Kopf getroffen. *Johnny Walker*, glaube ich, aber sicher nur *Red Label*." Und er rang sich ein Grinsen ab.
„You'll be alright", sagte ich, „schlaf' dich aus."
Er schloss die Augen, ein Ausdruck seliger Verzückung malte sich auf sein Gesicht und ich ließ ihn allein.

Diese weiche Seite, diese Hilfsbereitschaft, dieser Einsatz seines eigenen Lebens, um ein Kind zu retten, das alles hatte ich bisher nicht von ihm wahrgenommen. War ich auf diesem Auge blind gewesen oder war es einfach so, dass er sich in der Tat verändert hatte? Und wenn ja, wodurch? Doch nicht durch eine Frau! Selbst wenn Mar gewisse dunkle Bedürfnisse aus der Finsternis seiner Seele befriedigen mochte, so konnte sie doch sicher nicht die Grundfesten seines Wesens zum Einstürzen bringen und neue errichten. Nein, das konnte nicht sein. Selbst wenn es für *sein* Leben gut sein mochte – *ich* klammerte mich nach wie vor an die intellektuelle Brillanz des reisenden Zynikers, den ich mir zum Wegweiser meiner eigenen Reise durch die Welt und durch das Leben erkoren hatte.
Nachdenklich legte ich mich auf mein Bett, legte eine sorgfältig ausgewählte CD in meinen Discman und gab mich meinem neu entstehenden Weltschmerz zu

den onomatopoetisch-melodiösen und philosophisch-emotionalen Klängen von *Deep Purple* hin: *Sweet child in time, you'll see the line, the line which is drawn between the good and bad. If you've been bad, oh Lord, I bet you have ...*

Gut und schlecht', dachte ich mir, 'was für banale Kategorien.' Schon längst hatte ich aufgehört, meine Denkweise derartig undifferenzierten Riesenschubladen zuzuordnen, die zudem nichts anderes waren als höchst fragwürdige moralische Grobraster, individuell interpretierbar und je nach Kultur verschieden, vollkommen nutzlos. Was zählte, waren nicht Ethik und Moral, sondern eine nüchterne Betrachtung des Menschen in seinem Universum, ohne euphemistisches Wunschdenken, ohne Optimismus oder gar Hoffnung, aber auch frei von Bedauern oder dem Gejammer, wie es gerade durch den Kopfhörer in meine Gehörgänge drang: *Aah, aah, aah, aah, aaah, ah...* Ich drückte auf die Stopp-Taste, verärgert und genervt, aber wenigstens nicht jämmerlich und gönnte mir einen doppelten *Black Label*.

Die folgende Woche verlief ruhig. Slim erholte sich von seinen Verletzungen und ließ es sich gefallen, von Mar umsorgt und verwöhnt zu werden. Nach und nach drangen auch Slims nächtliche masochistische Lustschreie wieder an meine Ohren so wie das Zischen und Klatschen, welches diese verursachte. Mal hörte ich Slims, dann wieder Mars Gekreische in

Folge von Peitschenhieben oder ähnlichem. Hatte sich da etwa eine flexiblere Rollenverteilung ergeben?

'Geht mich ja nichts an', sagte ich mir selbst, angesäuert und nicht mehr nur enttäuscht, sondern zunehmend angewidert von Slims Wandel. Wann immer ich ihn sah, musste ich den so grausam unexistentiellen Ausdruck von Glück auf seiner Visage ertragen. Ich hatte gedacht, das ginge vorbei, aber es schien unaufhörlich. Es war unerträglich.

In einer dieser Nächte suchte mich ein schwarzer Engel heim. So grimmig ich ihn auch anblickte, um so stärker versuchte er, mich mit seinem becircenden Lächeln zum Mitkommen zu bewegen. „Na komm schon", wiederholte die dunkle Lichtgestalt immer wieder während ihrer permanenten und gefühlte Ewigkeiten dauernden Charme-Offensive, „komm mit, alles wird gut." „Nein", schrie ich wild, „nein, du kriegst mich nicht!" Doch Sweet Lucifer blieb unbeeindruckt: „Komm schon ..."

Als ich – einmal mehr schweißgebadet – wach wurde, hatte ich jenes kafkaeske Gefühl der verzweifelten Machtlosigkeit, wie ein Mensch, der mit aller Kraft vor einer übermächtigen Bedrohung davon rennt, schneller, immer schneller, ohne jedoch von der Stelle zu kommen. Ich hatte dermaßen Angst, dass ich beim Schließen der Augen wieder in meinen
Albtraum zurückfallen könnte, dass ich einfach

beschloss, sofort mein Tagwerk zu beginnen – um vier Uhr nachts. Ich machte mir einen Kaffee.

Am nächsten Tag begann ich meinen Barkeeper-Job wie gewohnt um 17 Uhr. Arthur kam wie üblich als erster Gast und bestellte einen Martini, um seinen Alkoholpegel wie jeden Tag auf das seiner gezügelten Sucht entsprechende Level zu heben. Wir redeten belangloses Zeug, Seegang, Wetter, Smalltalk eben, soziales Geräusch, semantisch leere Sätze, die eine unangestrengte, angenehme Atmosphäre erzeugten. Längst hatte ich gelernt, mit einem unverfänglichen Scherz oder gewitzten Kommentar die Gäste aufzulockern; dabei hatte ich keinerlei Interesse an Kontakt mit diesen dekadenten Losern, ich setzte nur aus Eigennutz die Barkeeper-Miene auf, eine reine Fassade, durch die ich niemanden blicken ließ, die Distanz musste gewahrt bleiben.

Ich schüttelte Arthur gerade seinen dritten Martini, als ich Mar von hinten kommen sah, in Begleitung, allerdings nicht von Slim, sondern einer weiteren sehr elegant in Schwarz gewandeten Dame.

Ich war sprach- und bewegungslos, wusste nicht, ob der Blitz mich ins Hirn oder ins Herz getroffen hatte. Ohne beim Aufwachen am frühen Morgen ein klares Bild von meinem nächtlichen Besuch, dem schwarzen Engel, gehabt zu haben, wusste ich intuitiv sofort: sie war es. Sie war die dunkle Lichtgestalt, die mich verführen wollte.

„What's up, my friend?" Sogar Arthur musste mein

perplex-stupider Gesichtsausdruck aufgefallen sein, meine Regungslosigkeit, der starre Blick, mein halboffener Mund. Ich harrte noch zwei Sekunden aus.

„Alles okay, Sir", entgegnete ich krampfhaft jovial, während die beiden *beauties in black* sich näherten.

„Love, das ist Florian, Slims seelenverwandter Freund und Begleiter. Florian – Love."

Ich konnte den Blick nicht von ihr lassen: milchschokoladenfarbiges Gesicht, die Augen in der Farbe von stark geröstetem Espresso, schulterlange Locken, sinnlich geschwungene Lippen, filigrane zarte Hände, die sich mir nun entgegenstreckten, während ich dieses genetische Meisterwerk eines *Best of black and white* genüsslich von oben bis unten musterte: das dünne, in sich gedrehte goldene Kettchen um ihren Hals, das dezent ausgeschnittene, sich an ihren Körper anschmiegende mattschwarze Kleid bis zum Knie, darunter gerade schlanke Beine und schlichte samtige Pumps. In meinem ganzen Leben hatte ich noch nichts Schöneres gesehen.

„Hi", sagte sie, ihre Stimme weich und leicht rauchig, „freut mich, dich kennenzulernen."

„Ganz meinerseits." Ich gab mir größte Mühe, nicht zu säuseln, cool zu bleiben, „was darf ich euch anbieten?"

„Wein", sagte Mar, „tiefroter Bordeaux – und Wasser."

„Einverstanden", meinte Love.

„Gerne", gab ich mich professionell, „Saint-Emilion

oder ein einfacher Haut-Médoc?"

„Haut-Médoc hört sich gut an, oder? Nach hoher Medizin und Doktor, bestimmt gesund."

„Es handelt sich beim Médoc um einen Landstreifen in der Gironde", klärte ich auf.

„Und die Gironde ist ein Gebirge in der Sahara, stimmt's?"

Und Love schlug die Augen weit auf und zog eine derartig komische Grimasse dabei, dass mir sofort klar wurde, dass sie mich auf den Arm nahm. Sie musste mich nun wohl für einen Klugscheißer halten.

„Sorry", quetschte ich peinlich berührt aus meinen Mundwinkeln, aber sie entgegnete mir nur mit einem warmen Lächeln: „Alles gut." Und sah mir dabei in die Augen und schlug, auf einem Barhocker sitzend, anmutig die Beine übereinander. Mir wurde ganz anders.

Vielleicht sollte ich an dieser Stelle erwähnen, dass ich allgemein als sehr gut aussehend eingestuft wurde; vielleicht war es ja mein Äußeres, das sie für mich einnahm. Ohne zu vergessen, dass ich der Barkeeper war, der sie und Mar – es stellte sich heraus, das die beiden Halbschwestern waren – neben anderen bediente, gelang es ihr doch immer wieder im Verlaufe des Abends Gesprächssituationen herzustellen, an denen wir alle drei frei, locker und angeregt beteiligt waren. Ohne je ein Gespräch zu dominieren, schien sie es dennoch zu leiten, mit viel Esprit, aber auch Ernsthaftigkeit und Tiefe.

Wie sich herausstellte, hatte Mar, die ältere

Schwester, sie eingeladen, uns zu begleiten. Als freie Journalistin für ein feministisch angehauchtes *Modern-Life-and-Style*-Magazin *(MOLAST)* konnte sie weitgehend selbstbestimmt über ihre Zeit verfügen und sagte ja. Sie war Single, sie war offen, intelligent, humorvoll, wunderschön – und *ich* schien ihr zu gefallen.

Als Mar und Love sich gegen 20 Uhr zum Dinner verabschiedeten, blieb ich konfus zurück und wusste nicht, wo mir der Kopf stand.

'Scheiße', dachte ich, 'was passiert hier mit mir?!' Alle Anzeichen deuteten darauf hin, dass ich mich Hals über Kopf in Love verguckt, verhört, verfühlt – *verknallt* hatte! Ich!

„No way", brummte ich leise vor mich hin, „no way."

Und in meinem Kopf begann es zu rattern, Räder drehten sich, ich phantasierte, zwang mich dazu, sie zu beleidigen, zu erniedrigen, zu demütigen, und doch tauchte immer wieder zwischen all diesen Gedanken ein gütig-verständnisvolles, einnehmendes Lächeln, ein sanft-raues *Komm-mit* aus ihrem Munde inmitten meiner bösartigen Gedanken auf und ich wusste, ich würde mich zu neuen Boshaftigkeiten zwingen, um es Slim nicht gleich zu tun und dem Weibe zu verfallen. Ich war Existentialist und Glück war sicher kein Teil meiner Lebensphilosophie, schon gar nicht deren Ziel. Ich würde weiter die Wahrheit suchen, die gnadenlose Wahrheit.

Zwei Stunden später. Wieder bewegten sich Mar und

Love auf die Bar zu, diesmal in der Begleitung von Slim. Drei Münder und drei Paar Augen lächelten mich an, ich ahnte Slims Genugtuung. Doch je mehr die drei sich mir näherten, um so stärker wurde meine zum Entschluss gereifte Lust, mich dem geballten frohsinnigen Charme des Trios entgegen zu stemmen. Ich fokussierte Slim, mein vom Sockel gefallenes Idol. Ich bemühte mich, ihm fest und standhaft gegnerisch in die Augen zu sehen.

Love blickte leicht irritiert von mir zu Slim und wieder zurück, ihr Lächeln wich einem Gesichtsausdruck, in dem ich Verwirrung und Skepsis, jedoch auch Neugier zu erkennen glaubte.

„Ihr seid also die seelenverwandten Busenfreunde!" Sie nickte, wackelte ironisch mit ihrem Kopf.

„Weeell-" Slim zog das Wort nachdenklich in die Länge und blies den Rauch seiner Selbstgedrehten in meine Richtung - „auch die beste Beziehung ist nicht immer frei von Unstimmigkeiten."

„Wenn du es sagst, Maestro, dann wird's wohl so sein." Ich bemühte mich, meiner Replik eine lässig-sarkastische Note zu verleihen.

Mar ließ ihren Körper betont aufreizend mit Slim in Berührung gehen, ihre Arme glitten schlangenhaft über seinen Rücken und ließen sich auf seinem Po nieder.

Einige Sekunden lang herrschte Stille, Spannung lag in der Luft.

„Wie wär's mit einem Glas des wunderbaren Rebensaftes aus der Gironde?" versuchte Love die

Stimmung aufzulockern.

„Drei Gläser Médoc?" fragte ich nach.

„Vier", korrigierte mich Love, „du bist eingeladen."

„Danke, nein", lehnte ich ab, „während der Arbeit trinke ich nur in Ausnahmefällen."

„Vielleicht ist das ja heute abend so eine Ausnahme."

Love hatte zugegebenermaßen eine verlockend-vereinnahmende Art, doch ich hatte meinen Entschluss gefasst: ich würde undurchdringlich bleiben und kühl, keine nach außen getragenen Gefühle. Konnte sein, dass ich sie damit beeindrucken wollte. Ich blieb also abweisend und kalt wie ein *Martini on the rocks.*

„Nimm's nicht persönlich", besänftigte Slim sie, „er meint dich nicht."

„Das kann ich bestätigen", fügte Mar hinzu, „du hast damit nichts zu tun."

„Ist ja spannend.", meinte Love, „womit denn? Womit habe ich nichts zu tun?"

Ich sah sie ernst an, sagte jedoch nichts, schenkte nur den Wein ein.

„Persönliche Beziehungen sind komplex", merkte Mar an.

„Stimmt", meinte Slim, „manchmal eher unnötig kompliziert."

Ich fühlte mich provoziert, blieb jedoch nach außen sachlich und ruhig.

„It takes two to tango", sagte ich, „ob in einer Zweierbeziehung etwas unnötig oder berechtigt oder notwendig ist, darüber kann nicht einer allein entscheiden."

„Es geht mich ja nichts an, aber schlechte Kommunikation führt wohl doch eher selten zu guten Lösungen."

„Wenn Wesensveränderungen der Grund sind, dann ist auch Kommunikation kein Weg zur Lösung."

Love sah mich an und ich spürte einen Hauch von faszinierter Bewunderung von meinem Gesicht bis zum Rücken hinunter gleiten. Beinahe hätte ich gelächelt.

Sie prosteten sich zu.

„Auf die Freundschaft", sagte Mar.

„Auf die Liebe", erwiderte ihr Lover, der Charmeur.

„Auf das Glück", fügte Love hinzu.

Ich drehte mich um, spülte ein paar Gläser.

„Und du, worauf hättest du getrunken?" Love lehnte sich leicht über die Theke, hin zu mir.

Ich wartete bewusst einige Sekunden, um meinen Worten mehr Gewicht zu verleihen. Dann sah ich ihr in die Augen und sagte, ohne den Blick abzuwenden: „Auf die Wahrheit."

Love war nur mäßig beeindruckt.

„Und wer kennt sie, die Wahrheit?"

„Niemand", ich zuckte mit den Achseln, „aber sie ist ein erstrebenswertes Ziel, auch wenn es sicher leichter ist, den bequemen Weg der Lüge zu gehen."

Ich warf einen verächtlichen Blick auf Slim und Mar, die nun ein paar Meter entfernt standen und auch auf Grund der jazzigen Begleitmusik unseren Dialog nicht verstehen konnten.

Ich konnte Loves Gedanken förmlich in ihrem Gesicht lesen: Was ist da geschehen zwischen Slim und Florian? Was hat sie so entzweit? Woher rührt diese einseitige Bitterkeit?
„Okay", sagte sie schließlich, nahm ihr Glas und sagte im Gehen, „wir sehen uns. Das ist wahr. Hoffentlich." Und sie warf mir einen Blick wie ein geheimnisvolles Versprechen zu.

Es war wahr. In den folgenden Tagen kam sie jeden Abend zu mir an die Bar, oft allein, erzählte von sich, trank Médoc, stellte neugierige Fragen oder aber blieb auf Abstand und beobachtete mich. Nicht auffällig, nie aufdringlich, doch genau.
Sie war tiefgründig, von sinnlicher Schönheit, aufregend sexy und hatte zudem eine mysteriöse Strahlkraft, die mich nicht kalt ließ. Und sie war nach eigenen Angaben nicht liiert.
„Was versteckst du, was verheimlichst du, was ist dein Geheimnis?" fragte sie mich irgendwann zwischen zwei Gläsern Wein.
„Wenn ich es dir verrate, dann ist es keins mehr", wich ich aus.

Ihre Avancen wurden deutlicher.
„Komm doch nach Dienstschluss heute Nacht noch auf einen Drink bei mir vorbei", sagte sie an einem Sonntagabend, „Zimmer 10, ich warte."

Ich war hin- und hergerissen. Sollte ich der

Versuchung nachgeben? Diese Frau war das reizvollste Geschöpf, das mir je begegnet war. Und doch! Meine Bestimmung lag nicht im Glück der Zweisamkeit. Ich hatte von Slim gelernt, was Leben hieß, jenem Slim, den es nicht mehr gab. Der mich erst in seinen Bann gezogen und dann verlassen hatte. Für mich war er damit zur lächerlichen Figur geworden, zum Hanswurst. So würde ich nicht enden.

Einen kurzen Moment blieb ich vor der Tür mit der Nummer 10 stehen, dann ging ich weiter.

In meinem Zimmer legte ich eine der CDs, die ich noch nicht gehört hatte, in den Disc-Man ein. Heinz-Rudolf Kunze sang: „Für nichts und wieder nichts und wieder nichts..."

Auf meinem Bett liegend ließ ich meine Hand über meinen steifen Penis gleiten und malte mir aus, was ich gerade hätte mit Love erleben können. Nach wenigen Sekunden gelangte ich zu einem schmerzhaften Orgasmus.

Stolz erwachte ich am nächsten Morgen. Als ich beim Rasieren mein Gesicht im Spiegel betrachtete, kam es mir vor, als wäre meine Nase über Nacht markanter geworden, als seien meine Wangenknochen nun deutlicher zu sehen; mein ganzes Profil schien an Kontur gewonnen zu haben, viriler und klassischer. Ich dankte meinem Spiegelbild mit einem bewundernden Blick und mein Spiegelbild warf ihn mir zurück. Ich fühlte mich göttlich.

Bert Ron: Nächtlicher Besuch

Es war wohl gegen 10 Uhr, als ich mich aufs Deck begab. Die Sonne schien und ein angenehmer Wind wehte mir ins Gesicht. An einem Tisch des Bordcafés saßen Mar und Love. Ich hielt Abstand, hatte Lust, die beiden zu beobachten, ohne jedoch selbst gesehen zu werden. Also nahm ich einen entfernten Platz ein und versteckte mich hinter einer Zeitung.

Sie sprachen miteinander, leise und ernst, so dass ich leider kein Wort verstehen konnte. Es fiel mir jedoch auf, dass etwas mir bisher noch Unbekanntes in ihren Blicken lag, etwas Duchdringendes und Transzendentales. Da gab es etwas für mich Undefinierbares zwischen den beiden, eine tiefe Verbundenheit, vielleicht ein gemeinsames Geheimnis.

'Ach Quatsch', dachte ich mir, 'was mache ich mir da für Gedanken.' Schließlich war Intuition noch nie meine Stärke.

Ich legte meine Zeitung hin und ging lässig an den beiden Schönheiten vorbei.

„Hi", sagte ich nur. Erst jetzt bemerkten sie mich.

„Hi", sagten beide im Chor.

Dabei dreht Mar ihren Kopf so schnell in meine Richtung, dass ihr Haar den sonst immer bedeckten hinteren Teil ihres Halses und damit den Blick auf eine sehr dezente Tätowierung frei gab. Ein Pentagramm. Da ich den beiden Damen jedoch bewusst keine Beachtung schenken wollte, zwang ich mich, Mar nicht darauf anzusprechen und ging wortlos weiter.

„Bis später", rief Love mir nach.

Die Tage vergingen und ich bekam Slim nur noch selten zu sehen und wenn, dann wirkte er kurz angebunden, fast mürrisch. Was war los? Ich erwog, ihn darauf anzusprechen, verbot mir jedoch, über meinen Schatten zu springen. Ich hatte auch meinen Stolz, er hatte mich verletzt und enttäuscht, ich hatte ihn von seinem Sockel gestoßen und war im Begriff, eben diesen Sockel zu erklimmen. Ich brauchte Slim nicht mehr und wenn er mich brauchte, dann sollte er zu mir kommen. Ich war nun der Berg und er schon lange kein Prophet mehr. Aber er hielt Abstand.

Nicht so allerdings die beiden *Black Beauties*, die Abend für Abend zu mir an die Bar kamen, sich, wenn ich wenig zu tun hatte, zu mir an die Theke stellten und plauderten, sich dann aber auch immer wieder zurückzogen und sich innig vertraut miteinander unterhielten. Sie wirkten wie ein verschworenes Paar. Da reichte es nicht als Erklärung, dass sie Halbschwestern waren.

Es war schon recht spät an einem Dienstagabend, sie waren meine letzten Gäste und luden mich zu einem letzten Drink ein. Ich akzeptierte ausnahmsweise und schenkte mir – nachdem ich ihre Gläser mit dem üblichen Rotwein aus dem Médoc gefüllt hatte – einen *Johnny Walker,* natürlich *Black Label,* ein.

„Alles klar mit dir und Slim?" rutschte es mir heraus, denn mir war aufgefallen, dass ich schon seit einiger

Zeit keine nächtlichen Lustgeräusche mehr aus Slims Zimmer vernommen hatte.

„So neugierig kenne ich dich ja gar nicht", meinte Mar und sah mir dabei mit der unergründlichen Tiefe ihres Wesens in die Augen.

Ich war irritiert, doch bemüht cool und souverän zu bleiben.

„Nun ja", erwiderte ich süffisant, „es gibt sicher noch vieles, was du nicht an mir kennst."

„Dann verrate uns doch ein paar deiner Geheimnisse", sprang Love auf meinen leichten Flirt an, „ich liebe Geheimnisse."

Sagte es mit halb geschlossenen Augen und fuhr sich mit der linken Hand so durchs Haar, dass ich den hinteren Teil ihres Halses sehen konnte, wo – wie bei Mar- ein Pentagramm zu sehen war. Um genau zu sein, ein umgekehrtes Pentagramm, bei dem zwei Spitzen nach oben zeigten, zwei zur Seite und nur eine nach unten.

„Nettes Tattoo", bemerkte ich, „hat es was zu bedeuten?"

„Vielleicht", lächelte Love maliziös, „es ist ein Geheimnis."

„Euer beider gemeinsames Geheimnis?" fragte ich nach.

„Wer sagt, dass es nicht noch andere Menschen gibt, die dieses Zeichen tragen?" fragte Mar.

„Slim vielleicht?" versuchte ich sie zu provozieren.

„Ich glaube nicht, dass er es je tragen wird", sagte Mar trocken, trank aus und ging, „gute Nacht,

Florian."

„Aber vielleicht willst du ja unserem Tattoo-Club beitreten."

„Yes, call me Mr. Pentagramm", witzelte ich.

„Maybe", flüsterte Love plötzlich ganz ernst und bohrte ihren Blick in meinen Kopf.

„Ich wohne immer noch in Zimmer 10." Sie drehte sich mit der ihr eigenen anmutigen Eleganz um und winkte mir mit einem angedeuteten Gruß zu. Schweiß stand auf meiner Stirn, als ich ihr nachblickte.

Als ich zehn Minuten später die Tür zu unserer Koje aufschloss, wartete Slim auf mich. Eine fast halb leere Flasche *Johnny Walker* (*Red Label*) stand auf dem Tisch, dazu zwei Gläser. Slim war schon ziemlich angetrunken.

„Setz dich, mein Freund", sagte er, „ich will mit dir reden."

„Oho!" stimmte ich einen sarkastischen Ton an, „du brauchst doch kein Geld, was brauchst du einen Freund?!"

„Lass die blöden Bemerkungen. Es ist ernst."

„Okay." Ich setzte mich, so lässig ich nur konnte, schenkte mir einen Whisky ein und konnte nicht umhin, lakonisch zu bemerken: „Red Label. Rot wie die Liebe. Ich bevorzuge es schwarz wie der Tod."

„Vergiss nicht, rot ist auch die Farbe des Blutes."

Er legte eine Pause ein.

„Mar und Love - mit den beiden stimmt was nicht."

„Du sprichst von deiner Geliebten und ihrer Schwester."

„Halbschwester – oder eher Blutsschwester", korrigierte er. Wieder vergingen Sekunden des Schweigens.

„Nun ja, ich habe mich von Mar getrennt. Sie ist nicht die, für die ich sie hielt."

„Und du? Bist du der, für den sie dich hielt?"

„Eben nicht. Das ist ja das Problem."

„Muss ich das verstehen?"

„Nun, wahrscheinlich ist dir nicht entgangen, das Mar und ich sehr kompatible sexuelle Neigungen haben, um es mal so auszudrücken."

„Unüberhörbar."

„Sie war von meinen masochistischen Neigungen fasziniert, von meinem Sarkasmus und meinem klaren analytischen Verstand."

„Na ja, Verliebtheit macht blind und blöd. Von nüchterner Wirklichkeitswahrnehmung konnte ich bei dir in letzter Zeit nicht viel merken."

„Richtig, ich habe mich verändert. Und es hat mir gut getan. Ich habe gelernt, die Welt mit anderen Augen zu sehen."

„Jaja – und bist zum Philanthropen geworden, der alle Menschen innig liebt." Ich musste laut auflachen, so lächerlich kam er mir vor. Zu so einem Menschen hatte ich aufgeschaut, zu so einem Tropf, dem ein paar Wochen mit einer Frau den Verstand raubten!

Er winkte ab.

„Es ist mir gleich, was du von mir denkst. Aber ich

möchte dich warnen: die beiden Damen sind gefährlich."

„Klar, immerhin ist es Mar gelungen, dein Weltbild zu zerstören."

„Florian, nimm es ernst. Die beiden gehören einer obskuren Organisation an.

Ich wurde neugierig.

„Das Pentagramm?"

„Genau. Du hast die Tätowierungen also gesehen?"

„Ja und? Was bedeuten sie?"

„Das vom Kreis umschlossene umgekehrte Pentagramm", dozierte Slim, „nennt sich invertiertes Pentakel. Es ist seit langer Zeit, genau gesagt seit dem späten 19. Jahrhundert ein okkultes Symbol, das für den Satan und alles Böse steht."

„Mar und Love sollen für alles Böse stehen? Ich glaube, du solltest weniger trinken."

„Es geht um eine Organisation: *NASTA*."

„*NASTA*? Nie gehört."

„Natürlich nicht, es ist ja auch ein Geheimbund, die *New Age Superior Times Association*."

So recht wollte ich ihm nicht glauben. Andererseits schien es mir aber auch wenig wahrscheinlich, dass er sich das Ganze ausgedacht hatte. Und die tätowierten Pentagramme waren Tatsache.

„Also, *NASTA*, ein Anagramm übrigens ... na? ... SATAN, Junge, so schwer war's doch nicht! *NASTA*, so hat Love es mir erklärt, ist ein weltweit operierender Bund, der auf fünf Prinzipien beruht."

„Ach, daher das Pentagramm."

„Genau. Also. Prinzip 1: Skepsis und Pessimismus. Prinzip 2: Logik und Rationalismus. Drittens: kompromisslose Konsequenz im eigenen Leben. Prinzip 4: das gemeinsame Streben nach Geld und Macht und schließlich und endlich die unbedingte und ewige Treue zur Organisation."

„Also, das hört sich doch ganz vernünftig an. Endlich mal Leute, die die Wirklichkeit auch als Wahrheit sehen. Und die Welt so schlecht wie sie ist. Das habe ich doch von dir gelernt."

Slim sprang auf, sein noch halb volles Glas kippte um.

„Ich habe mich geirrt", schrie er, „ich hatte nach dem Schiffsunglück meinen Glauben an den Sinn im Leben verloren."

„Genau – und Mar hat dir diesen falschen Glauben wiedergegeben. Genau darum mag ich sie ja nicht."

„Gut, stimmt" - er nahm sich zusammen - „sie war von dem, was ich war, fasziniert, sie hat den existentialistischen Zyniker in mir geliebt – und genau der ist gestorben, als ich mich in sie verliebt habe."

„Richtig", sagte ich von oben herab und fühlte mich tierisch gut, „absolut richtig – und schade!"

Er blieb starr und steif stehen. Sah mich nur an, erst zornig, dann, als wolle er mich damit quälen, mit einem Gesichtsausdruck, in den er all seine neu erworbene Güte legte.

Aber ich hatte ihn ja durchschaut. Ein armes kleines Würstchen. Ein gestürzter Held. Ein ehemaliger

Freund und Meister. Und ein Noch-Reisebegleiter.
Doch die neue Welt war nahe.
Ich schüttelte nur den Kopf und ließ ihn allein.

Ich fühlte mich derart aufgedreht, schwankend zwischen einer ängstlichen Vorahnung in Bezug auf den Geheimbund *NASTA* und dem euphorisierenden Gefühl, auf Slim hinunter schauen zu können, dass ich beschloss, erst noch etwas Musik zu hören, um mich auf einen mir Schlaf ermöglichenden Ruhemodus herunter zu kühlen. Ich entschied mich für eine alte Scheibe von *Santana*. *Black Magic Woman* handelte zwar eher von den romantischen Gefühlen eines besessen Verliebten als von wirklicher Schwarzer Magie; dennoch inspirierten mich die sanften Töne, mich Fantasien hinzugeben, in denen die geheimnisvollen Schwestern im Dunkel um mich kreisten wie Satelliten um einen Planeten. Ich spürte, wie ein Lächeln sich über mein Gesicht ausbreitete.

Den nächsten Morgen ließ ich locker angehen. Die See war ruhig, ein herrlicher sonniger Tag hatte begonnen und eine leichte Brise sorgte für Erfrischung. Bekleidet mit einem weißen, kurzärmeligen Hemd, schwarzen Shorts aus dünnem Stoff und grauen Sneakers schlenderte ich übers Sonnendeck, das schon gut frequentiert war: Männer in T-Shirts, kurzen Hosen und Sandalen, Frauen in knappen Tops, kurzen Röcken und Flipflops, manche mit Stoff-, andere mit Strohhüten, alle mit

Sonnenbrille und alle sehr, sehr entspannt.

Auch Mar und Love entspannten sich, auch sie trugen Sonnenbrillen, Mar einen Strohhut, mit dem sie mich an Audrey Hepburn in *Frühstück bei Tiffany* erinnerte; Love schützte ihr Haupt mit einem seidigen schwarzen Tuch vor den schon jetzt stechenden Sonnenstrahlen. Beide trugen leichte Strand- oder Sommerkleider, Mar ein schwarzes, Love ein helles mit goldfarbenen Nadelstreifen, beide trugen dazu einfarbige Ballerinas. Mit ihrer Eleganz hoben sie sich wohltuend von dem Einheitsbrei der anderen Passagiere ab, jedoch ohne dass ihre Kleidung unpassend oder den Witterungsbedingungen nicht angemessen gewirkt hätte. Zwischen ihren beiden Sonnenstühlen stand ein Beistelltisch, darauf zwei nicht mehr ganz volle Gläser Sekt oder Champagner, eine Karaffe mit Orangensaft, Gläser, zwei schon leere Espresso-Tassen, eine Schachtel filterlose Zigaretten.

„Na, die Damen", fragte ich im Vorbeispazieren und blieb stehen, bemüht, Klangfarbe und Sprechmelodie meiner Worte einen charmanten Anstrich zu geben, „darf ich mich zu euch setzen?"

Sofort stieg Love auf mein Geplänkel ein. Sie musterte mich einen langen Moment, nahm einen Zug von ihrer Zigarette, inhalierte tief, blies den Rauch in meine Richtung und sagte lässig, während sie die linke Augenbraue hochzog:

„Bien sûr, monsieur, wir schätzen deine Gesellschaft. Nicht wahr, Mar?"

„Absolut", stimmte die Angesprochene zu und bedeutete mir, mich auf den freien Stuhl zu setzen. Ich tat wie mir geheißen.

„Nur noch drei Tage", begann ich das Gespräch, „dann ist unsere Schiffsreise zu Ende. - Wie sieht eure weitere Planung aus?"

Mar zuckte mit den Achseln.

„Eigentlich wollten wir Slim noch ein wenig begleiten."

„Eigentlich?" Ich hatte bisweilen keinerlei Bestreben, die beiden über mein Gespräch mit Slim am Vorabend aufzuklären.

„Na ja, Slim und ich, das scheint nicht ganz zu passen."

„Ach!" tat ich erstaunt.

„Du bist ein jämmerlicher Schauspieler", meinte Love, „also – was hat er dir erzählt?"

Es gab keinen Grund, mit verdeckten Karten zu spielen.

„Ihr gehört einem Geheimbund an, *NASTA*. Das ist so was wie ein Verein von skeptischen, materialistischen Rationalisten und Zynikern. Bloß, was das Ziel dieser Organisation ist, das hat er mir nicht verraten."

„Warum streben die Menschen nach Geld und Macht? Weil es in unserer Natur liegt. Wir wollen alle reich und mächtig sein. Nicht arm und hilflos. Wir Nastaniker sind nicht besser oder schlechter als die anderen – nur ehrlicher."

Loves Ausführungen beeindruckten mich und ich nickte zustimmend.

„Aber was ist das Ziel von *NASTA*?"

„*NASTA* gibt es überall", erklärte Mar, „und wir werden immer mehr. Wir akzeptieren das, was wir sind, wir bekämpfen Scheinheiligkeit. Eines Tages wird die Vernunft herrschen. Und alle, die zur *NASTA* gehören, herrschen mit."

„Und die anderen?"

„Zu wem willst du gehören?" fragte Love, „zu den Siegern oder den Verlierern? Wenn einer gewinnt, verliert der andere. So ist das. C'est la vie. Also sieh zu, dass du nicht zum Opfer wirst. Oder glaubst du noch an das Gute im Menschen?"

„Schon lange nicht mehr", antwortete ich.

„Dann komm doch heute Nacht nach deiner Arbeit einfach mal bei mir vorbei. Zimmer 10. Ich möchte dir was zeigen."

„Mal sehen", sagte ich, stand auf und ging.

Mit einer derartigen Offenheit hatte ich nicht gerechnet. Auch wenn sich Teile von mir noch innerlich gegen die radikale und skrupellose Einstellung der beiden geheimnisvollen Grazien sträubte, so wusste ich doch auch, dass sie die konsequente Fortführung meines Weges waren. Längst hatte ich aufgehört, den Menschen als selbstverantwortliches Individuum zu sehen. Das war nur Wunschdenken. Wir waren nichts als Produkte aus evolutionärer Genetik und zivilisatorischer Sozialisation. Erstere konnten wir nicht beeinflussen und die zweite war, historisch gesehen, die unendliche Geschichte des Scheiterns. Unser Leben war eine Folge bewusster und unbewusster Entscheidungen und jede einzelne dieser Entscheidungen, gewichtige und unbedeutende, war ein viel zu komplexer neurologischer Prozess, als dass wir ihn mit unseren begrenzten Hirnen erfassen könnten.

Ich vertrödelte die nächsten Stunden, indem ich lustlos Zeitung las und mit einem Bleistift Pentagramme auf Tisch und Papier kritzelte. Ich konnte den Augenblick kaum erwarten, an dem ich heute Nacht über die Schwelle zu Zimmer 10 treten würde. Die Entscheidung war gefallen.

Es war gegen 23:30 Uhr an jenem Dienstagabend. Ich hatte Arthur mit einem letzten Drink auf Kosten des Hauses weg komplimentiert, mir dabei selbst einige Whiskys genehmigt, machte nun alles dicht und hielt einen Moment inne. Es war Neumond und eine gespenstische Stille hatte sich über das Schiff gelegt. Einen Moment lang hatte ich das Gefühl, ich sei im Seitenschacht einer Erzmine tief im Inneren der Erde. Es war noch immer warm, es wehte nicht der leiseste Wind und nur die notdürftige Beleuchtung an Deck erhellte die dunkle Nacht ein wenig.
'Was für ein magischer Moment', dachte ich. Ich rauchte genüsslich einen Joint, dann stieg ich die Treppe hinab zu Zimmer 10.

Ich klopfte. Mar öffnete stumm lächelnd die Tür. Ich trat ein. An einem kleinen runden Tisch, der nur durch den Lichtschein einer Kerze (der Ständer, so fiel mir auf, hatte eine fünfzackige Basis) seine Konturen erahnen ließ, saß Mar und bedeutete mir, mich zu setzen. Ich war sprachlos, also beschloss ich, den Zauber der tiefen Stille nicht zu durchbrechen.

Vor Mar lag ein kleines rundes Schiefertäfelchen, daneben stand ein kaum drei Zentimeter hoher, metallener Tiegel.

Mar ergriff mit ihrer linken Hand meine rechte, während Love mit ihrer rechten Hand die Verbindung zu meiner linken suchte, um den Kreis zu schließen.

Nun schloss Mar die Augen und erhob ihre Hände, ebenso Love, und ich tat den beiden unwillkürlich gleich. So verharrten wir einige Sekunden, dann ergriff Love das Wort.

Doch ich konnte kaum etwas verstehen. Ihre Stimme war in eine höhere Lage gewechselt, dazu merkwürdig brüchig und ihre Sprechmelodie erinnerte mich an Psalmengesänge, wie ich sie aus manch katholischem Gottesdienst meiner Kindheit kannte. Mir wurde bang, doch ich fühlte mich gleichzeitig mystisch von dem Spuk angezogen, so wie Goethes Fischer in dem gleichnamigen Gedicht von den grausamen Fluten, die ihn bald verschlingen sollten.

Es war wohl eine Art Latein, das ich hier zu hören bekam, aber mein kleines Latinum war nach vielen Jahren zum größten Teil in Vergessenheit geraten und ich konnte nur einzelne Wörter ausmachen: *quaeso* hörte ich und *oratum*, dann bizarre Namen, die ich glaubte, schon einmal gehört zu haben: Ereschkigal, Hekate und Abrasax. ‚Hieß das nicht *Abraxas?*' dachte ich, , so wie das Album von *Santana*?'

Dann schwieg Love und von beiden Seiten drang ein Schauer durch meine Hände und Arme, in Kopf und Brust. Ich atmete schwer und lautlos, unfähig mich dem Bann zu entziehen.

Dann ließen die Halbschwestern, beide uniform in schwarze Umhänge mit Kapuzen bekleidet, mich los und Mar nahm den Tiegel und goss die sich darin befindliche Flüssigkeit, allem Anschein nach Blei, auf das Schiefertäfelchen und alsbald bildeten sich skurrile Formen. Nun holte Mar einen Nagel aus ihrem Gewand hervor und zeichnete das mir bekannte Pentagramm ins Blei, wobei sie wieder mysteriöse Wörter sprach, die mich diesmal jedoch nicht an eine mir auch nur entfernt bekannte Sprache erinnerten; Ächzlaute, Halbvokale, Diphthonge, Gekreische, Gelalle, lauter tierisch anmutende Lautkombinationen. - Oder hatte ich da gerade Slims Namen gehört?

Noch immer war ich stumm. Der Voodoo-Zauber schien nun

vorbei zu sein, Mar und Love senkten den Kopf, als ob sie sich, erschöpft von der konzertiert-konzentrierten Anstrengung, erholen wollten. Auch ich entspannte mich; ich lehnte mich auf meinem

Stuhl zurück und streckte die Beine aus. Für einen Moment schloss ich die Augen, da fühlte ich Loves Hand, die von hinten an meinem Hals hinunter auf meine Brust glitt.

„Komm", sagte sie nun in ihrer gewohnten Stimme und ich folgte ihr, willenlos.

Bald fand ich mich nackt auf ihrem Bett liegend, Hände und Füße mit Ledergurten an das metallene Gestell gefesselt. Dann klebte Mar mir den Mund mit einem breiten Klebeband zu, ihr teuflisches Grinsen ist mir bis heute genau gegenwärtig.

Was anschließend geschah, ist mir jedoch fast vollständig ins Unterbewusstsein entglitten. Ich weiß nur noch, dass ich in jener Nacht sehr viel Schmerz, aber auch sehr viel Lust verspürte, woran Mar und Love gleichermaßen Anteil hatten.

Als ich am nächsten Morgen aufwachte, befand ich mich zu meiner Überraschung mit Boxer-Shorts und T-Shirt bekleidet in meinem eigenen Bett. Es war gegen 10:00 Uhr, ich war noch etwas benommen, aber ansonsten unversehrt. Ich versuchte mich zu erinnern, doch außer diffusen Bildern konnte ich nichts aus meinem Gedächtnis abrufen. Hatte ich nur geträumt? Zu viel getrunken und gekifft? Einen Blackout?

Ich beschloss, erst mal eine Dusche zu nehmen, das würde meine Lebensgeister bestimmt aktivieren. Ich stellte den Duschkopf so ein, dass ein fester Strahl auf meinen Kopf und meine Körper niederging, shampoonierte mein Haar und seifte mich ein. Was war da für ein Fleck am Knöchel meines linken Fußes? Ich stellte die Dusche ab, frottierte mich mit einem Handtuch trocken und sah mir das Mal genauer an: ein kleines schwarzes Pentagramm!

Die folgenden Tage waren schwül-warm, die Witterung drückte auf Körper und Gemüt, ein heftiges Gewitter schien bevorzustehen und Passagiere und Crew bereiteten sich geistig und planerisch darauf vor, indem sie sich die gängigen Sicherheitsmaßnahmen vergegenwärtigten und penibel alles Gerät und die wichtigsten Mechanismen kontrollierten, um dem gefühlt bevorstehenden Sturm begegnen zu können. Doch nichts geschah.
Alle warteten. Ungeduldig, doch ohne viele Worte. Eine gefährlich nachdenkliche Melancholie erfasste innerhalb kürzester Zeit die gesamte Besatzung. Selbst Arthur sprach wenig, trank dabei langsam und beständig. Doch es blieb ruhig.

Die große Überfahrt neigte sich dem Ende zu. Schon morgen am späten Nachmittag würde die *Sea Queen* im Zielhafen der neuen Welt einlaufen. Und heute Abend würde das große Abschiedsbankett gefeiert, Wehmut und Erleichterung, Freude und Erschöpfung, der Blick zurück und die Gedanken an das, was jetzt folgen würde, all das würde in dem bevorstehenden Ball gemischter Gefühle heute Nacht miteinander emotional verschwimmen, die ganze Palette von euphorischem Frohsinn bis zu tiefer Trauer würde in den Gesichtern zu lesen, in den Stimmen zu hören sein.

Auch mir ging das so. Die langen Wochen auf dem Schiff hatten Gewohnheiten entstehen lassen, ein Zusammengehörigkeitsgefühl gar, und auch wenn ich meist versucht hatte, mich kühl beobachtend und kritisch wertend und verurteilend im Hintergrund zu halten, so gelang es mir nun doch nicht so ganz, mich von jeglicher Sentimentalität frei zu machen.
Auch hatte ich das starke Bedürfnis, mein Verhältnis zu Slim nun endgültig zu regeln und die ehemals freundschaftliche Beziehung einem klaren Ende zuzuführen.
Es war exakt 22:00 Uhr, als das Buffet der Farewell-Party eröffnet wurde.

Siebtes Bild (Intermezzo)

Im Vordergrund zwei dunkle Gestalten. Im Hintergrund ein riesenhafter Schatten mit ausgebreiteten Armen, Händen wie Löwentatzen, weit geöffnetem Mund und blutunterlaufenen Augen.

Ich heiße Mar Barthelmes. Geboren mitten im schwarzen Herzen des dunklen Kontinents an den Ufern eines Sees, der so tief und von marinblauer Farbe war, dass die Einheimischen ihn *kleines Meer* nannten. Also taufte mein Vater Hieronymus, ein der protestantischen Adventistenkirche angehöriger Missionar, mich auf den Namen Mar.

Meinen Milchschokoladen-Teint habe ich natürlich weniger von meinem Vater, der einer alttraditionellen norddeutschen Im- und Exportfamilie entspross, sondern mehr meiner Mutter zu verdanken, die zu jener Zeit Haushälterin meines Vaters war; allerdings kann ich mich nicht mehr an sie erinnern, da sie (wie ich Jahre später in Erfahrung bringen konnte) schon wenige Monate nach meiner Geburt aus unserem herrschaftlichen Tropenhaus gejagt und durch ihre Schwester, Loves Mutter, ersetzt wurde. Sie – sowohl Love als auch ich nannten sie Ma Thoko – habe ich jedoch noch vage in meinem Gedächtnis: eine schöne, schlanke, feingliedrige Frau, die sich meist mit der Eleganz anmutiger Langsamkeit bewegte und Ruhe und Gelassenheit ausstrahlte. Nur in Anwesenheit meines Vaters wirkte sie oft ängstlich und eingeschüchtert.

Vater, den wir *Vater* und nicht etwa *Papa* nannten, war zu Hause der uneingeschränkte Herrscher. Eben noch Gottes devotester und unterwürfigster Diener in der Holzkirche nebenan, mutierte er beim Überschreiten der Schwelle zu unserem Bungalow nun selbst zum Allmächtigen, der mit Stimmgewalt und Bambusstock ein strenges Regiment führte, das keinerlei Widerspruch duldete. Nicht nur Love und ich litten unter der Züchtigung des Tyrannen, selbst Ma Thoko wurde selbst in Anwesenheit von uns Kindern von ihm geschlagen und gedemütigt. Ich war sechs Jahre alt, als Ma Thoko plötzlich aus unserem Leben verschwand und nicht mehr gesehen wurde. In der Missionsschule erzählten die Kinder hinter vorgehaltener Hand, sie sei von den bösen Geistern der Vorfahren geholt worden, man habe sie tot in der Scheune hinter dem Pfarrershaus gefunden.

In dieser Zeit weinte Love jeden Abend und ich versuchte, sie zu trösten und erzählte ihr etwas vom Himmel und Engeln und ewigem Glück, doch sie glaubte mir nicht, vielleicht, weil ich selbst nicht wirklich glaubte, was ich da erzählte. Vor Vater hätte ich jedoch niemals meinen Glauben auch nur im Geringsten hinterfragt.

Ma Thoko wurde nicht durch eine neue Haushälterin ersetzt, dafür mussten Love und ich uns nun immer stärker an der Hausarbeit beteiligen.

Und nicht nur das. In den folgenden sieben Jahren rief er mich, manchmal auch Love nachts zu sich. Ich weiß noch, dass ich mich dann immer ausziehen musste. Was dann passierte, weiß ich nicht mehr; nur, dass mir höllische Qualen bevorstünden, sollte *unser kleines Geheimnis* je nach außen dringen.

Als ich Love am Morgen nach einem ihrer nächtlichen Besuche fragte, ob sie bei Vater gewesen sei, antwortete sie verstört: „Nein, das war ich nicht, das war Evol." Mit dieser Konstruktion schien es ihr erstaunlich gut zu gelingen, den traumatisierten Teil ihrer Persönlichkeit von sich abzukapseln. Ich beschloss, es ihr gleich zu tun. Fortan war es nur die bedauernswerte Ram, die Vater nachts Gesellschaft leistete.

Und dann eines Tages wurde Vater zurück in die alte Welt gerufen. Dies bedeutete für Love und mich: ein neues leben, eine neue Schule, eine neue Kultur, neue Freunde.

Während Vater offensichtlich am Verlust seiner Allmacht im schwarzen Kontinent litt und im Trott des Alltags mit Höchstgeschwindigkeit alterte, wuchsen wir, seine Töchter, zu hübschen Teenagern heran, beliebt bei ihren Peers, gefragt bei den Jungs. Seit unserem Umzug waren auch die nächtlichen Besuche vorbei; doch die Seelen von Evol und Ram waren wohl auf ewig beschädigt.

Vater war vollständig damit ausgelastet, seinen wenigen täglichen Aufgaben nachzukommen. Um die Erziehung seiner Töchter kümmerte er sich wenig; außer gelegentlichen wortarmen Abendessen gab es keinerlei gemeinsame Unternehmungen.

Ich vermied, so gut ich konnte, ihn *Vater* zu nennen, auch Love sprach ihn kaum noch an. Es wunderte mich nicht wirklich, als ich eines Morgens im Bad Tabletten gegen Depressionen fand. Bald gab er sich nicht mehr die Mühe, die Tablettenschachteln zu verstecken, es wurden immer mehr, ich störte mich nicht daran und an einem sonnigen Sonntagmorgen fanden wir ihn regungslos in seinem Bett, neben ihm kein Abschiedsbrief, aber mehrere Schachteln Tabletten und er wachte nicht mehr auf.

Weder Love noch ich hatten auch nur eine Träne für ihn übrig, nur Bitterkeit. Eine Tante, die wir kaum kannten, organisierte die Beerdigung, man bemitleidete uns, kondolierte, und wir wahrten die Form. Ich hatte gerade mein Abitur mit mittelmäßigem Erfolg bestanden, Love war in der 11. Klasse. Doch es war genug Geld da, Vater war abgesichert und wir waren alt genug, alleine zurecht zu kommen.

Auf mich wirkte Vaters Tod wie eine Befreiung. Ich hatte viel gelesen, war fasziniert von Freud und Jung und zuversichtlich, die Schatten meines Über-Ich-Vaters nun verdrängen zu können. Ich las Thoreaus Entwürfe anderer Lebensweisen, die kritisch-freiheitlichen Gedichte von Kerouac und den Beatniks, versuchte, die Liedtexte von Bob Dylan zu deuten und versank in der psychedelischen Musik der *Doors*. Oft lud ich mir Freunde ein, ein Joint oder die Haschpfeife wurden herumgereicht, während wir uns im Kreis sitzend wahlweise der Stimme von Jimmy Morrison oder sphärischen Klängen von *Novalis* oder dem Gesang der Wale hingaben.

Irgendwann brachte einer meiner Freunde ein paar LSD-Pillen mit und wir gingen zusammen auf eine Reise. Während alle anderen jedoch offensichtlich dabei im Frieden des Nirvana ankamen, führte *mein* Horrortrip mich direkt in die Hölle, wo Vater schon auf mich wartete. Ich schrie laut auf, zerdepperte einige Flaschen und Gläser, dann brach ich schluchzend zusammen.

Am nächsten Tag erzählte mir Love, wie sie die ganze Nacht bei mir geblieben war und versucht hatte, mich zu beruhigen, ich aber immer nur '*Satan, ich verfluche dich!* ' geschrien hätte.

Love war nicht mit auf den Trip gegangen, sie hatte nur etwas Pot geraucht, ihre Verbitterung war jedoch noch tiefer als meine. Sie hatte sich mittlerweile einer okkulten Gruppe namens *Children of the Dark* angeschlossen. Und ihre okkulten Freunde kamen auch immer häufiger zu Besuch.

Es waren merkwürdige Menschen, diese Kinder der Dunkelheit. Junge Männer und Frauen, immer ganz in Schwarz gekleidet, einige mit silbernen Halskettchen, an denen nach unten gedrehte Kruzifixe hingen, andere mit ledernen oder silberfarben-metallenen Armreifen. Sie kamen immer erst nach Sonnenuntergang, sprachen kaum und verschwanden alsbald in Loves Zimmer. Von dort hörte ich dann schwere, langsame, litaneiartige Musik, die in unregelmäßigen Abständen von panischen Schreien unterbrochen wurde. Der durchdringende Geruch von Weihrauch und Kerzenwachs erfüllte schon nach kurzer Zeit die ganze Wohnung. Von unbändiger Neugier erfasst schlich ich mich immer wieder zur Tür von Loves

Zimmer und lauschte dem Treiben, konnte jedoch keine verständlichen Wörter oder Sätze aus dem dumpfen Stimmengemurmel heraus filtern.

Ich bemerkte in jenen Monaten, wie Love sich von einem Mädchen, dem – wie mir selbst – ohnehin jegliche Unbeschwertheit schon im frühen Kindesalter abhanden gekommen war, zu einer jungen, aber tiefgründig ernsten, verbitterten und doch kraftvollen Frau wandelte. Mein Interesse an ihren geheimnisvollen Aktivitäten war geweckt und schließlich gab sie mir eines ihrer schwarzen Gewänder und lud mich ein, an der nächsten Messe der *Children of the Dark* teilzunehmen.

So saß ich eines Freitagnachts mit neun anderen im Schneidersitz in einem Kreis in Loves Zimmer, in unserer Mitte ein silbernes Tablett mit kryptischen Gravuren, darauf zehn halb gefüllte Becher und ein Silberkelch, aus dem Weihrauchschwaden emporstiegen und olfaktorisch für ein weihevolles Ambiente sorgten. Darüber hinaus war wenig zu erkennen, denn nur eine einzelne Kerze brachte ein flackerndes Licht in den Raum, aber zumindest waren die Konturen der Menschen und Gegenstände schemenhaft auszumachen. Aus den Boxen wehte düsterer Choralgesang in mein Hirn. Ich zitterte und fühlte, wie die Musik mich in sich einschloss, wie meditativ anmutende Tonfolgen auf hohen Frequenzen, aber mit geringer Amplitude Besitz von mir ergriffen. Ich war Teil dieser Musik und die Musik Teil von mir. Und die Musik vereinte sich mit dem

Duftgemisch aus Weihrauch und Kerzen und als meine Sitznachbarn meine Hände ergriffen und wir alle gemeinsam mit lang gezogenen Vokalwellen aus *Aaaahs* und *Oooohs* die chorale Musik lautmalerisch und durch sanfte Auf- und Abbewegungen unserer Arme unterstützten, da fühlte ich, wie ich Teil dieser verschworenen Gemeinschaft wurde. Und als wir unsere Becher erhoben und ein lauwarmer, nicht ganz dünnflüssiger Saft durch meine Kehle rann, da waren alle Blicke auf mich gerichtet und ich war in den Kreis der *Children of the Dark* aufgenommen.

Mit meinen eigenen Freunden wusste ich immer weniger anzufangen. Die meisten von ihnen begeisterten sich für die Hippies, *love and peace*, Hasch und Sex und *easy living*, *California dreaming* mit Blumen im Haar durch San Francisco – das entsprach jedoch so gar nicht meinem Lebensgefühl, da blieb ich doch lieber den *Doors* treu, deren Song *The End* ich nicht leid wurde zu hören. Love lieh mir CDs von Bands namens *Shenandoah, Naglfarth* und *Belphegod*, deren Musik ich mir gerne anhörte, besonders, wenn ich dabei etwas Haschisch rauchte. Auch im Hinblick auf meine Lektüren betrat ich neues Terrain. Von fantastischen und mysteriösen Geschichten wie denen von Edgar Allen Poe oder auch solchen, die die sexuellen Phantasien anregten wie de Sades *Justine* oder Schnitzlers *Traumnovelle* war ich schon seit jeher begeistert, nun eröffneten mir Bücher wie die *Satanische Bibel* von Anton Szandor LaVey und Ragnar Redbeards *Might is Right* neue Welten.

Gott und Religion, Moral und Zivilisation, war das nicht alles eine einzige Heuchelei? War Vaters Leben nicht ein eindrucksvoller Beweis dieser universellen Heuchelei einer Welt der Güte und der Liebe? Unsere Welt, so wurde mir langsam bewusst, war weder gut noch schlecht, sie war so wie sie war. Natürlich und frei von Ethik. So wie der Mensch. Natürlich egoistisch, ein Krieger, dem andere zum Opfer fallen, so wie ein Fisch vom anderen gefressen wird. Fressen oder gefressen werden, töten oder getötet werden, Sieger oder Verlierer, nur darum ging es. Sozialkompetente Positivdenker waren erbärmliche Opfer und ich beschloss, nicht zu ihnen zu gehören. Es zog mich zur Macht, zur Herrschaft. Doch war mir klar, dass ich alleine nichts ausrichten konnte. Und auch nicht mit den *Children of the Dark*. Wir mussten größer, mächtiger werden. Also recherchierten Love und ich in den örtlichen Bibliotheken und wurden schließlich fündig: *NASTA* war genau die Organisation, die wir suchten.

Die erste Kontaktaufnahme bestand in einem Fax. Wir verfassten es gemeinsam in einer gewittrigen Nacht, in der der Himmel immer wieder durch Blitze erleuchtet wurde und wir inständig hofften, dass das spannungsreiche Spiel der Naturgewalt nicht das Stromnetz zum Zusammenbruch bringen würde; doch alles blieb intakt und wir konnten unsere Botschaft durch den Äther senden, eine Botschaft voll von ernüchternden Erkenntnissen über eine hoffnungslose Welt, in der wir mit Hilfe von *NASTA* nun wenigstens für uns selbst das bestmögliche Arrangement suchten, das war unsere Hoffnung.

Die Reaktion kam prompt in Form eines standardisierten Schreibens, in dem die *NASTA* grob ihre Prinzipien erläuterte. Ausgehend von der Annahme, dass der Mensch von Natur aus schlecht sei, sei Egoismus natürlich, Sozialkompetenz dagegen schwach und verwerflich. Daher müsse das Positivdenken bekämpft werden. Dafür benötige man jedoch mehr Menschen mit tendenziell negativer Einstellung zur Errichtung einer weltweit operierenden Geheimgesellschaft. Diese Menschen zu rekrutieren sei in den folgenden Jahren die größte Herausforderung von *NASTA*.

Ich erinnere mich noch sehr genau, wie Love im Anschluss an die Lektüre dieser Passage in sarkastischem Ton zu mir sagte: „Dem Teufel sei Dank, das sie das Wort *missionieren* nicht benutzt haben." Ich antwortete ihr nur mit einem verständnisvoll bitteren Lächeln. Dann wandten wir uns wieder der gefaxten Botschaft zu.

Dort hieß es, sieben Kardinaltugenden seien für die Implementation des Machtgefüges unabdingbar: Eitelkeit, Geiz, Wollust, Zorn, Maßlosigkeit, Missgunst und die Trägheit des Herzens.

Gebannt blieben wir minutenlang vor dem Bildschirm sitzen. Dann sah ich Love an. Sie blickte mir fest in die Augen und nickte stumm.

„Ja", sagte ich nur, „ja."

Achtes Bild

Ein Kellergewölbe. Drei dunkle Gestalten sitzen um einen kleinen, runden, schwarzen Tisch und stecken die Köpfe zusammen. Weiter hinten, etwas abseits, sitzt zusammengekauert ein Mann auf dem Boden. Er sieht traurig aus. Rechts oben in der Ecke ist ein schwarzer Vogel zu erkennen.

22:05 Uhr an Bord der *Sea Queen*. Das Bild einer maßlosen, uferlosen, ungezügelten Gesellschaft. Großartig. Originär menschlich. Tragisch-human in der *condicio humana* des lächerlichen *homo sapiens sapiens*. Und als Sinnbild vor mir an die Theke geklammert Arthur, jener wunderbare Auswuchs des Versagens menschlicher Zivilisation, Symbol der Menschlichkeit, nicht im humanistischen Sinn, sondern im Sinne des elenden, verwerflichen Menschseins, allerdings der Gattung *Loser*.

„Ihr habt ja keine Ahnung", lallt er volltrunken und so laut er kann, damit ihm jemand zuhören möge, „ihr wisst ja nicht ..."

„Ja richtig, Arthur", sage ich, „und keiner will's von

dir wissen."

Und ich weiß genau, wie weh es ihm tut, dass gerade ich das sage. Ich, den er doch bisher als Verbündeten sah, dem er immer seine Geschichten erzählen konnte. Er hatte ja nicht die leiseste Ahnung, dass ich aus reiner Professionalität sein Gejammer stets wortlos nickend über mich hatte ergehen lassen; ich hatte ihm nicht zeigen wollen, wie sehr mich sein Selbstmitleid anwiderte, wie er mich geradezu ankotzte mit seiner Opferrolle. Und dabei war er genau das Gegenteil: erfolg- und steinreich, eine skrupellose Hedgefonds-Heuschrecke, die in ihrem Leben so viel Kohle gescheffelt hatte, dass weder er noch seine zwei dekadenten Berufskinder, ein Dandy-Sohn und ein scharf gestyltes Party-Girl noch die bis dato drei Enkelkinder je zum Broterwerb durch Arbeit gezwungen werden würden.

Ein Musterbeispiel des sozialdarwinistisch-existentialistischen Menschen. Ein Vorbild. Würde er nur dazu stehen.

Slim hatte die Szene beobachtet. Er stand einige Meter abseits an einem Tisch, vor sich ein Glas und hell gekleidet: eine beigefarbene Leinenhose, ein weißes Hemd, kein Hut. Eine Art Blaupause des Slim, den ich kannte.

Er warf mir einen traurigen, mitleidigen Blick zu, bewegte sich dann zu Arthur und sagte zu ihm: „Erzählen sie, Arthur, ich höre Ihnen zu."

Arthur war gerührt. Einen Augenblick wusste er gar nicht, was er sagen, womit er anfangen sollte, dann begann er ruhig und doch emotional wieder einmal sein Leben zu erzählen. Slim sprach nicht, hörte nur zu, ließ Arthur reden. Immer wieder traten Tränen in die Augen des alten Mannes und Slim fasste ihn an der Hand, spendete ihm wortlos Trost. Nach einer guten Viertelstunde war Arthurs Monolog vorüber, er war tief bewegt, sah Slim dankbar in die Augen und bot ihm einen Drink an.

„Black Label?" fragte ich nach.

„Nein danke", meinte Slim, „ich hätte gerne einen Chablis."

„Oho", kommentierte ich, „andere Kleidung, andere Drinks, ein ganz neuer Slim!"

„Korrekt", gab er trocken zurück, „und diesmal solltest du mich vielleicht wirklich zum Vorbild nehmen."

„Unglaublich", ich schüttelte lachend den Kopf, „da geht der Verlierer zum Sieger und sagt: 'Mach's doch wie ich!'" Ich wieherte laut auf.

„Du verstehst nicht, Florian, du bist in Gefahr. Die beiden Damen da hinten," - er deutete auf Mar und Love, die sich vertraut an einem Stehtisch weiter hinten unterhielten - „die sind zwei Nummern zu groß für dich. Die lassen dich nicht einfach gehen, wenn du keinen Bock mehr hast. Ich bitte dich, denk nach und zieh die Notbremse."

Auch wenn er mir sehr ernsthaft, beinahe vertrauenserweckend und ehrlich vorkam, so genoss ich es doch sehr, ihn als Bittsteller zu sehen. Ich war in der deutlich besseren Position, das sollte er spüren.

„Hey Love, Mar, kommt doch mal rüber!"

Ich winkte sie zu uns her, sie schwebten mit schwingenden Beinen und langen Schritten auf uns zu, wobei sie im wahrsten Sinne des Wortes wie Models einen Fuß exakt vor den anderen setzten.

„Mein früherer Freund hier," - ich bedachte Slim mit einer abschätzigen Kopfbewegung - „der meint, ihr seid gefährlich."

Love beugte sich über die Theke, zog meinen Kopf an ihren heran und hauchte mir einen Kuss auf die Wange.

„Höchst gefährlich", sagte sie zwinkernd.

„Wie ich", pflichtete Mar ihr bei, „eine *femme fatale*."

„Nimm es endlich ernst, Florian." Eindringlich redete Slim auf mich ein, sah mir dabei fest in die Augen. „*NASTA* ist eine Sekte und die beiden Damen sind zwei größenwahnsinnige Räder in deren Getriebe. Und dich machen sie zum Handlanger. Unterschätz' das nicht."

„Nimm ihn nicht ernst, Florian." Mar blieb cool. „Slim ist derzeit sexuell frustriert. Das schlägt bei manchen Männern aufs Hirn."

„Ich kenne da einen guten Journalisten", meinte Slim, der nun bissig wurde, „einen richtigen, nicht so was wie du, Love. - Der wäre bestimmt an der *NASTA*-Story interessiert."

„Vorsicht, Slim, du überschätzt dich maßlos",

entgegnete Love, irritiert und angekratzt, „aber vielleicht kannst du ja Arthur von deiner Geschichte überzeugen." Die Damen lachten schrill auf, ich lachte laut mit.

Slim sah mich noch einmal bedeutungsvoll an, in seiner Miene konnte ich ein merkwürdiges Gemisch aus Sorge, Verzweiflung und Wut erkennen. Dann schlich er von dannen wie ein geprügelter Hund, ohne noch ein Wort zu sagen.

„Go to hell", sagte Mar spöttisch.

Die Musik wurde lauter, es wurde getanzt, gelacht, getrunken; hier und da umarmten sich Menschen innig, an der Theke konnte ich zahllose sentimentale Gespräche verfolgen. Passagiere erzählten sich nun endlich, was sie sich während der langen Zeit der großen Überfahrt nicht zu erzählen getraut hatten. Manche tauschten Adressen und Telefonnummern aus und versprachen, in regelmäßigem Kontakt zu bleiben. Andere waren ausgelassen und voller Vorfreude auf das gelobte Land, das sie am nächsten Morgen erreichen würden. Das ganze Deck schien aus einer Wolke intensiver Gefühle zu bestehen. Nur Mar und Love hatten sich kurz nach Slims Abgang mit einem unverbindlichen '*See you later*' innig tuschelnd aus meiner Sicht entfernt und tauchten erst gegen Mitternacht wieder auf.

Es gab Champagner für alle. Die Gläser waren mit *Veuve Cliquot Ponsardin Brut* gefüllt, so sollte das Ende der offiziellen Abschiedsfeier standesgemäß eingeläutet werden.

Selbst Arthur hatte durchgehalten und ließ sich sein Glas nun schon zum dritten Mal füllen. Auch Slim holte sich den edlen Tropfen bei mir an der Theke ab. Und Love und Mar ließen sich den offiziellen Abschiedsdrink ebenso wenig entgehen wie ich selbst.

Love erhob ihr Glas.

„Auf uns", sagte sie, „und unsere Zukunft."

Auch Mar und ich hoben die Gläser.

„Nun komm schon, Slim", Mar schubste ihn leicht an, „sei kein Spielverderber. Es war doch nicht alles schlecht."

„Wohl wahr", entgegnete er etwas nachdenklich, zog tief an der Selbstgedrehten der Marke *Schwarzer Krauser* - da hatte sich nichts geändert - und prostete uns zu, „also gut: auf die Zukunft."

„Lass uns doch morgen Abend, wenn wir von Bord gegangen sind und die beiden Männer ihre Jobs hinter sich haben, noch einmal zusammen essen gehen. Als persönlicher Reiseabschluss sozusagen", schlug Mar vor.

„Gerne", antwortete ich und fügte in einem Anflug von Gefühlsduselei mit Blick auf Slim hinzu, „als würdiger Abschluss einer gescheiterten Freundschaft."

„Okay", meinte Slim zögerlich, „wenn ihr meint."

Der nächste Morgen, der letzte an Bord, war von reger Geschäftigkeit geprägt. Kurzes Frühstück,

Koffer packen, Zimmer räumen; es schien, als sei der Geist dem Körper vorausgeeilt und habe das Schiff bereits verlassen, der Blick ging nach vorne. Slim und ich wurden vom Kapitän mit einem feierlichen Händedruck verabschiedet, ein paar warme Worte in nüchtern-funktionaler Atmosphäre, das war's. Die *Sea Queen* ging vor Anker und nur ein paar Mitglieder der Besatzung blieben an Bord. Alle anderen, so schien es mir, freuten sich, nun endlich wieder festen Boden unter den Füßen zu haben und die große Stadt, die vor ihnen lag, erobern zu können.

Wie es Slims und meinen Gepflogenheiten entsprach, hatten wir den Rathausplatz als Ort für unser Treffen mit Mar und Love ausgewählt, 20:00 Uhr. Finanziell gut ausgestattet gönnte ich mir ein Zimmer im *Residence*, von wo ich den ganzen Platz überblicken konnte.

Es war noch vier Stunden Zeit bis wir uns treffen würden, also schlenderte ich durch die Fußgängerzone der Innenstadt, ich hatte Lust, mich neu einzukleiden. Bepackt mit vollen Tüten betrat ich gegen 18:30 Uhr wieder mein Hotelzimmer. Ich nahm eine kurze Dusche, dann zog ich die neu gekauften Sachen an: ein schwarzes Hemd, eine seidig glänzende schwarze Hose, schwarze Schuhe aus glattem Leder und einen schwarzen Stetson, keinen klassischen Stanton wie Slim, sondern einen Cowboyhut, der, so hoffte ich, mir eine verwegene

Note geben würde. Selbstverliebt betrachtete ich mich im Spiegel. ‚Teuflisch scharf', dachte ich.

Es war 19:50 Uhr, ich sah aus dem Fenster hinunter auf den Platz, fokussierte die Treppe, die hoch zum Eingangsportal des Rathauses führte. Noch niemand zu sehen. - Oder doch! Da war er ja. Ich hatte intuitiv nach einem in zeitlosem Schwarz gekleideten Herren mit Hut Ausschau gehalten, Slims neues Outfit war mir weiterhin extrem fremd. Wie er dastand mit seinem blau-weiß gestreiften Hemd, dem hellen Anzug, ohne Hut. Ich schüttelte den Kopf und verzog die Miene. 'Na ja', dachte ich, 'immerhin ist ein Rest seiner früheren Eleganz geblieben und er hat seinen guten Geschmack nicht ganz verloren.'

Und während ich ihn noch nachdenklich musterte, kamen auch schon Mar und Love daher. Wie üblich in Schwarz, Mar im Lederkleid, Love etwas strenger im Kostüm. Wieder blickte ich auf die Uhr. 20:01 Uhr. Ich setzte meinen Stetson auf und nahm den Fahrstuhl zum Ausgang.

„Hi", begrüßte ich die drei und warf einen Blick in die Runde, „immerhin! Dreiviertel der Anwesenden sind sich treu geblieben, ist doch gar keine schlechte Quote."

„Einer muss ja den Judas geben", meinte Mar.

„Selbst ohne Dukaten", fügte Love hinzu.

„Mein Reich ist nicht von eurer Welt", konterte Slim.

„Wohin geht's?" fragte ich in die Runde. Ich hatte wenig Lust auf eine Fortführung der Provokationen.

„Ich würde eine kleines Restaurant auf der anderen

Seite der Straße vorschlagen", Mar zeigte mit dem Arm in die entsprechende Richtung, „da hinten, es heißt *Styx*, internationale Küche, da ist für jeden was dabei."

„Einverstanden", sagte Slim.

„Okay." Ich nickte.

Langsam gingen wir auf die vielbefahrene Straße zu, Slim vorne, ich dahinter, Love und Mar hatten sich etwas zurückfallen lassen, sie sprachen leise und konzentriert miteinander.

Es war ein kühler Tag. Wolken hingen schwer über der Stadt, dunkle Wolken, die kein Sonnenlicht zum Boden durchdringen ließen. Es war windstill und roch nach Abgasen, die Luft drückte auf die Hirne und drückte die Stimmung der Menschen, die mit missmutigen Gesichtern ihren Zielen entgegeneilten.

Slim stand auf dem Bürgersteig, einen Fuß auf der Straße, seine Augen aufmerksam nach links gerichtet, darauf wartend, dass eine Lücke im dichten Fluss des Straßenverkehrs uns die Möglichkeit der Überquerung lassen würde. Nach dieser Stretch-Limousine, dieser modernen Version einer Pferdekutsche vielleicht.

Da spürte ich einen Stoß von hinten. Ich schrie kurz auf, fiel in Slims Rücken. Slim stolperte auf die Straße. Dann ein dumpfer Knall! Slim wurde mir vor die Füße geschleudert. Blut strömte aus seinem zertrümmerten Schädel und rann über die kleine schwarze Box, die sich an der Kette um seinen Hals befand und nun zerbrochen war und den Blick auf eine winzige Sonnenblume freigab. Keine Herbstzeitlose, eine Sonnenblume. In Schockstarre starrte ich auf die Gestalt, die da vor mir lag. Slim war tot.

Stimmengewirr, Schreie rund um mich herum, mein Geist war verwirrt, ich verstand nichts, sah das Blaulicht der Polizei verschwommen, hörte das Martinshorn, eine Ambulanz, ein Sanitäter versuchte mich anzusprechen, dann wurde es still und dunkel.

Ich erwachte in einem Hospital. Man sagte mir, ich hätte bei dem Unfall meines Freundes ('Was wussten die schon?') einen Schock erlitten, könnte das Krankenhaus aber jetzt wieder verlassen. Benommen quälte ich mich in meine Kleider, dann nahm ich ein Taxi zum Hotel. Ich ließ mir eine Flasche Whisky aufs Zimmer kommen – irgendwie war mir heute nach *Red Label* – und betrank mich in Gedanken und Gedenken an Slim und unsere gemeinsame Zeit. Ich legte eine CD ein: Jethro Tull sangen vom Atem einer Lokomotive und ich phantasierte von einem Ungetüm aus schwarzem Stahl, das alles, was im Weg stand, gnadenlos zunichte machte.

Das Bild verfolgte mich bis in den Schlaf. Von all den Albträumen, die ich je hatte, waren dies die schlimmsten. Immer wieder sah ich mich auf den Gleisen, die schwarze Lokomotive donnerte auf mich zu, dabei stierten zwei dämonische Köpfe aus den Seitenfenstern des Führerhäuschens und schrien hell auf; und immer, wenn die Lokomotive im Begriff war, mich zu erfassen, begann die Szene wieder von vorne, das wütende Donnern, das Quietschen der stählernen Räder des heranrauschenden Monstrums, die zwei teuflischen Gestalten, das helle, bedrohliche Geschrei, immer wieder, immer wieder. Ich wälzte mich hin und her, halb schlafend, halb wach, doch ich war in der Endlosschleife des grausigen Traums gefangen, kein Entkommen war möglich.

Auch am kommenden Tag suchten mich die gruseligen Bilder der Lokomotive und jene von Slims Tod immer von neuem heim. Zwischendurch kam mir die kleine Sonnenblume in den Sinn. Slim hatte in seiner *Black Box* eine **Sonnenblume** aufbewahrt! Unfassbar! Hatte ich ihn von Beginn an völlig falsch eingeschätzt? Hatte ich seine Widersprüchlichkeit einfach zu spät erkannt?

Der Klingelton meines Handys riss mich aus meiner Grübelei.

„Endlich erreiche ich dich. - Wie geht's dir?" fragte Love.

„Danke, könnte besser sein", sagte ich ehrlich.

„Dann komm doch heute Abend bei uns vorbei." Ich schrieb mir die Adresse auf.

Das Hotel, das Love und Mar sich ausgesucht hatten, befand sich in einer Seitengase, nur fußläufig von meinem entfernt. Gegen 21:00 Uhr traf ich ein.

„Zimmer zehn", sagte man mir an der Rezeption, „erster Stock."

Als sich die Tür öffnete, kam mir ein Duftgemisch aus Kerzenwachs, Räucherstäbchen und Weihrauch entgegen. Stumm trat ich ein.

„Setz dich", sagte Love und deutete auf den freien Stuhl am Tisch gegenüber von Mar, die mich mit einem Kopfnicken begrüßte. Dann nahm sie selbst neben mir Platz.

„Ich kann's immer noch nicht begreifen", begann ich das Gespräch, „ein Verkehrsunfall, die dämlichste aller Todesursachen. Und gerade die hat sich das Schicksal ausgesucht für einen, der so viel über Leben und Tod nachgedacht hat."

„Das Schicksal ist unbarmherzig", sagte Mar lapidar, „es kennt keine Moral."

„Das Leben geht weiter", fügte Love hinzu. Ihre Gleichgültigkeit schockierte mich.

„Gibt es eigentlich Angehörige, die informiert werden müssten?" kam es mir in den Sinn.

„Lass das mal die Behörden machen; den Ärger können wir uns sparen." Und Love ließ eine wegwerfende Handbewegung folgen. Ich konnte kaum glauben, wie wenig Slims Tod sie berührte, wie wenig betroffen sie war. Auch wenn die Freundschaft zwischen Slim und uns dreien zerbrochen war, so war er doch Teil unserer Vergangenheit.

„Um ehrlich zu sein, er wird der Welt nicht fehlen", sagte Mar gefühlskalt. Mar, Slims ehemalige Geliebte.

„Und für *NASTA* ist sein Ableben eher ein Glücksfall", stimmte Love ein, „ist dir eigentlich klar, Florian, dass er uns verraten wollte?"

Ich schluckte.

„Uns?" brach es ungläubig aus mir heraus, „uns?! Wer soll das bitte sein?"

„Auch du trägst das Mal", klärte Love mich auf, „du gehörst dazu. Wir haben ein gemeinsames Ziel."

„Ihr könnt mich mal!" Entsetzt stand ich auf und verließ das Zimmer, wütend die Tür hinter mir zuknallend. Mein Herz pochte so stark, dass ich Pulsschläge in meinem Kopf spürte, die danach zu trachten schienen, ihr Gehäuse zu zerbersten. Zurück in meinem Hotelzimmer hatte ich mich noch immer nicht beruhigt. Ich griff also nach einer CD, der letzten der zehn, die ich mitgenommen hatte, die einzige, die ich noch nicht gehört hatte.

„Verflucht!" Die Hülle war leer und ich schleuderte sie quer durch den Raum. Dann öffnete ich die Tür zur Minibar und entnahm ihr ein kleines Fläschchen Whisky. 'Glenfiddich, immerhin' , dachte ich.

Ich nahm einen Schluck. Langsam sortierten sich die Gedanken in meinem Kopf. Was war eigentlich passiert? Wie genau war es zu dem Unfall gekommen? Ich überlegte. Wieder und wieder ließ ich die Szene vor meinem geistigen Auge ablaufen, bei jeder Rekapitulation bemüht, neue Details zu integrieren. Der Kriminalist in mir war erwacht.

Da waren Mar und Love, tuschelnd, davor ich, unmittelbar vor mir Slim, der schon halb auf der Straße stand und dann durch mein Stolpern, meine Hände, die Halt an seinem Rücken suchten, den fatalen Schritt nach vorne tat. Ich hatte seinen Tod verursacht, er war durch meine Hände gestorben. Ich wurde blass. Hatte ich jetzt etwa Slims Rolle als todbringender schwarzer Engel übernommen? Ich betrachtete mich kritisch. Klar! Mein ganzes Outfit! Schon rein äußerlich gesehen war ich in Slims Fußstapfen getreten. Ich warf meinen schwarzen Hut, den ich immer noch auf hatte, aufs Bett, leerte meinen Whisky und fand Nachschub in der Mini-Bar.

Noch einmal! Was genau war passiert?

Ich schloss die Augen, fühlte nach, fühlte den harten Stoß in meinem Rücken ... und plötzlich wurde mir alles klar. Es war Mord! Nur Mar und Love konnten mir den Stoß versetzt haben, der mich auf Slim stolpern ließ. Sie hatten das Restaurant auf der anderen Seite ausgesucht und waren bewusst hinter uns geblieben, sie hatten überhaupt erst die Idee des gemeinsamen Essens vorgebracht. Aber warum bloß? Judas! Als *Judas* hatte Mar Slim bezeichnet. Der Verräter. Die Puzzleteile fügten sich zum kompletten Bild zusammen.

Es ratterte in meinem Kopf, Zahnräder drehten sich und griffen ineinander: Mar, die von Slim ähnlich enttäuscht war wie ich; Slim, der so eindringlich vor *NASTA* gewarnt und sogar die vage Drohung ausgestoßen hatte, er könnte die Machenschaften der Geheimorganisation offen legen, wahrscheinlich wusste er mehr als ich; Love, die mich als Ersatz für den vom Nihilismus abgefallenen Slim sah; und ich, den die beiden Damen als ihr todbringendes Werkzeug benutzt hatten.

Langsam dämmerte mir: ich war in Gefahr. Mar und Love würden mich nicht so einfach aus ihren Fittichen entkommen lassen, ich wusste zu viel über

NASTA - auch wenn ich juristisch gesehen nichts in der Hand hatte - , war sogar halb freiwillig – ich blickte auf das Tattoo auf meinem Knöchel – Mitglied geworden, aus Überzeugung. Doch nun schwand diese Überzeugung. Ich ertrug es nicht, eine Marionette zu sein, Machtlosigkeit war mir schon immer zuwider.

Ich musste weg. Sicher würden Love und Mar versuchen, an mir dran zu bleiben. Das sollte ihnen nicht gelingen. Ich entsorgte mein Handy im Müll, dann packte ich meinen Koffer, checkte aus, nahm ein Taxi zum Bahnhof und stieg in den erstbesten Fernzug.

Es war ein Nachtzug mit Schlafwagen, doch ich fand keine Ruhe; noch immer wurde ich von fürchterlichen Bildern verfolgt: Slims Tod, die Lokomotive, das Krokodil, Flugzeugabsturz und Bolus-Tod, alles vermischte sich, ein Chaos von blutigen Blitzschlägen ins Gehirn, selbst der Sensenmann tauchte wieder auf.

Neuntes Bild

Eine Gefängniszelle. Die Wände himmelblau. Einige Wolken, manche schneeweiß, andere gefährlich dunkel. Davor eine Vielzahl unscharf gezeichneter Gestalten, einander zugewandt. Sie sitzen um einen runden Tisch, gehen aber unterschiedlichen Beschäftigungen nach: manche unterhalten sich, andere arbeiten, einer spielt Gitarre, eine Frau stillt ihr Kind.

Ich verließ den Zug etwa eine Stunde, bevor er die Endstation erreicht haben würde und landete in einer unspektakulären Kleinstadt. Hierso hoffte ich, würde ich meine innere Ruhe finden.

Doch die Wunden waren tief, Schmerz und Angst hielten mich gefangen, der Horror des Erlebten besuchte mich Nacht für Nacht und in vielen Tagträumen. Ich wusste, dass weitere örtliche Veränderungen mein Trauma auch nicht beenden würden, also blieb ich, wo ich war und nahm einen Job als Barkeeper in einem Bistro an, das würde mich ablenken.

Und in der Tat: es gab immer häufiger Nächte, in denen ich nicht von Albträumen gepeinigt wurde, der monotone Trott des Alltag desensibilisierte mich anscheinend, ich lebte in den Tag hinein, stumpf und stupide, doch der Schmerz ließ nach.

Monate vergingen. Von Mar und Love hatte ich nichts mehr gehört oder gesehen, entweder war es ihnen nicht gelungen, mich ausfindig zu machen oder ich war einfach zu unbedeutend, keine wirkliche Gefahr für sie. Meine Tage ähnelten einander noch mehr als die Nächte. Ich blieb lange im Bett, nahm ein karges, aus Croissant und schwarzem Kaffee bestehendes Frühstück zu mir, begann um 15:00 Uhr meine Arbeit in dem mittelmäßigen Bistro, wo die Gäste nachmittags zu Kaffee und Kuchen, abends zu Bier, Wein und Cocktails kamen und das den überzogenen Namen *La Vie* trug. Um 23:00 Uhr schloss die Gaststätte und ich begab mich zurück in die kleine Pension, in der ich nun Dauermieter war.

Schon bevor ich mich schlafen legte, fieberte ich den Träumen entgegen, die ich haben würde: Slim, Love, der Sensenmann. Zuweilen träumte ich auch, eine Mafia von *NASTA*-Leuten würde mich verfolgen. Es gab auch traumlose Nächte. Oder vielleicht konnte ich mich am folgenden Morgen nur nicht erinnern.

Doch dann kam jene Nacht, in der sich irgendetwas in meinem Unterbewusstsein getan haben musste. Ganz unerwartet trat etwas neues in meine Traumwelt. Und es tat mir gut, als ich am Morgen des 10. Oktober (das Datum notierte ich mir sofort mit den entsprechenden Notizen) aufwachte und mir meinen Traum vergegenwärtigte.

„Wer bist du?" fragte ich das freundlich lächelnde Wesen, das unmittelbar vor mir aus dem Nichts erschienen war.

„Dein Schutzengel", sagte das Phantom, „komm mit."

„Aha", sagte ich und sah mir meinen Schutzengel genau an: langes dunkelrotes Haar, blaue Augen hinter einer grünen Brille, eine türkisfarbene Bluse und Blue-Jeans, braune Stoffschuhe, recht klein und etwas rundlich; ihr Alter konnte ich nicht so recht einschätzen; ein Model war mein Schutzengel nicht, so viel war sicher. Aber das Lächeln der Dame war

bezaubernd.
„Wohin soll ich denn mitkommen?" fragte ich nach.
„Komm mit mir, dann wirst du sehen", sagte sie nur und streckte mir ihre Hand entgegen.

Und dann war ich aufgewacht. 'Schade eigentlich', dachte ich.

An diesem Tag, es war ein Samstag, hatte ich noch einige Besorgungen zu erledigen, also ging ich nach dem Frühstück zu dem nahe gelegenen Kaufhaus, das auf drei Stockwerken alles bot, was ich benötigte. Ich nahm den Seiteneingang und fand mich vor dem Fahrstuhl wieder. 'Herrenbekleidung, 3. Etage', las ich und stieg ein. Der Lift besaß eine Spiegelwand und ich betrachtete mich gelangweilt: ganz in Schwarz, wie immer, nur den Stetson trug ich nicht mehr. Im ersten Stock stieg jemand zu, ich schaute jedoch nicht hin, war mit mir selbst beschäftigt. Plötzlich rumpelte es, unmittelbar darauf ein Krachen gefolgt von einem metallischen Quietschen, dann bewegte sich der Fahrstuhl nicht mehr. Wir saßen zwischen der zweiten und der dritten Etage fest.
„Na prima!" entfuhr es mir. Erst jetzt fiel mein Blick auf meine Mitgefangene. Donner und Blitz! Langes dunkelrotes Haar und eine grüne Brille, recht klein, allerdings schlank und in ein eng anliegendes buntes Kleid aus weich fallendem Stoff gehüllt. Wie alt sie wohl war? Keine Ahnung.

„Sieht aus, als steckten wir fest", sagte sie mit einem leicht gequälten Lächeln.
„Sieht so aus", pflichtete ich ihr bei.
„Machen wir also das beste draus", sagte sie und streckte mir ihre Hand entgegen: „Danielle."
„Florian", stellte ich mich vor.
Über den Sprechnotruf drang eine klare Männerstimme und teilt uns mit, dass die Handwerker der zuständigen Aufzugsreparaturfirma etwa 40 Minuten bis zu ihrer Ankunft benötigen würden.
„Kann man nichts machen", sagte Danielle gelassen.
„Genau das nervt mich so an dieser Situation", entgegnete ich, „dass man halt nichts machen kann. Unerträglich."
„Nun ja", meinte sie, „wir kommen vielleicht die nächste Dreiviertelstunde hier nicht raus. Aber wie wir diese Zeit hier verbringen, das liegt an uns." Mir schien, ich hätte diese Worte schon einmal gehört.
„Leider sind die Möglichkeiten doch eher limitiert", brummte ich mit einem sarkastischen Unterton, „meine Einkäufe kann ich jedenfalls hier drin nicht erledigen."
„Wohl wahr", stimmte sie mir zu, „aber dafür unterhalten wir uns jetzt hier und lernen uns kennen anstatt stumm nebeneinander zu stehen. Ist doch auch was, oder?"
Ich konnte nicht anders als sie mit einem dankbar lächelnden Blick zu bedenken. Sie hatte etwas so natürlich Liebes kombiniert mit einer unaufgeregten

Gelassenheit, dass ich dachte: 'Diese Frau, Danielle, ist mit sich und der Welt im Reinen. Sie ist zufrieden.' Ich beneidete sie. Die Art und Weise, wie sie locker und positiv damit umging, mit einem Fremden auf einem Quadratmeter Fläche eingepfercht zu sein, die Gegebenheiten so anzunehmen, wie sie sich nun mal darstellten. Aber sie schien das Schicksal nicht nur einfach als unabänderlich zu akzeptieren; sie versuchte, es so gut sie konnte für sich – und für mich – zu gestalten. Beeindruckt stand ich da, dachte nach.

Einen Moment lang blieb es still, trotzdem fühlte ich mich wohl.

„Wollen wir uns setzen?" schlug Danielle vor.

Ich nickte.

Mit angewinkelten Beinen saßen wir nebeneinander, mit den Rücken an der Wand, die Blicke parallel auf die geschlossene Lifttür gerichtet. Mir fiel Jean-Paul Sartres Theaterstück *Huis Clos* ein, das ich einst als Schüler im Französischunterricht gelesen hatte; da gab es drei Personen, deren Hölle nach ihrem Tod im unentrinnbaren Zusammensein mit den beiden Mitgefangenen bestand. 'Die Hölle, das sind die anderen', hieß es dort. Ich musste grinsen.

„Lassen Sie mich an Ihren amüsanten Gedanken teilhaben", bat Danielle.

„Gerne", sagte ich und erzählte ihr von Sartres komisch-existentialistischem Drama über den erbarmungslosen Umgang der Menschen miteinander.

„Jaja", meinte Danielle nachdenklich, „der Mensch ist des Menschen Wolf. So ist es leider oft. Aber es muss ja nicht so sein. Wir haben die Wahl. Vielleicht können wir ja auch was Schönes, was Liebes für unsere Mitmenschen sein. Schmetterling oder Teddy-Bär." Sie lachte kurz auf. Auch ich konnte mich nicht beherrschen, das war wirklich albern komisch.

„Der Mensch ist des Menschen Teddy-Bär!" lachte ich kopfschüttelnd und schlug mir auf die Schenkel. Danielle war infiziert und begann von neuem zu lachen, laut und herzlich, ich lachte mit, ein wunderbarer gemeinsamer Lachkrampf, wir neigten uns zueinander, berührten uns unweigerlich, lachten weiter, lagen uns in den Armen, als das Gelächter verstummte.

Sekunden lang verharrten wir in dieser innigen Position, dann trennten sich unsere Körper wieder voneinander. Ich atmete tief ein, tauschte Blicke mit ihr aus, Blicke, die zwischen fragender Unsicherheit und wohliger Wärme oszillierten.

Danielle hatte sich ihre grüne Brille abgenommen, um sich die tränenden Augen zu trocknen, hellgraue Augen, so hell, dass ich hineinsah und von einem Gefühl von Weite und Freiheit ergriffen wurde, einem Gefühl, das ich trotz meiner ganzen Reisen so noch nie wahrgenommen hatte.

„Und was machst du sonst so im Leben?" begann ich die Konversation von neuem, war ohne Absicht zum weniger distanzierten *Du* übergegangen.

„Du meinst beruflich?" fragte sie nach, schickte aber

sofort die Antwort hinterher, „ich arbeite als Biologin, aber nur halbtags; ich engagiere mich auch für eine NGO, also eine regierungsunabhängige Organisation, im Bereich der Flüchtlingshilfe:"

„Und du wirst von dieser NGO bezahlt?" fragt ich neugierig und etwas erstaunt nach.

„Bezahlt nicht, aber mein Lohn ist, dass ich Menschen etwas glücklicher machen kann. Und das wiederum macht mich etwas glücklicher."

„Aha", sagte ich nur. Ich begann ihre Lebensphilosophie zu begreifen. ‚Altruistischer Egoismus', dachte ich, ‚hört sich wie ein Oxymoron an, muss aber vielleicht gar keins sein.'

„Und du?" fragte Danielle, „was machst du?"

„Derzeit arbeite ich als Barkeeper in einem Bistro", antwortete ich, „aber wie ich dazu gekommen bin, das ist eine lange Geschichte."

„Macht nichts", sagte sie, „ich mag lange Geschichten."

Ich sammelte mich, sortierte meine Gedanken und atmete tief ein, als eine weitere markante, klare Männerstimme zu uns durchdrang.

„Hallo, sind Sie okay?"

„Ja", rief ich, „alles in Ordnung."

„Wir holen Sie jetzt da raus, dauert nur fünf Minuten."

„Na, war's wirklich so unerträglich?" fragte Danielle, als wir gemeinsam die Treppe zur dritten Etage hoch

stiegen.
Dankbar sah ich meinen Schutzengel an.
„Nein, ganz im Gegenteil", sagte ich.
„Also dann, mach's gut, Florian." Sie streichelte mich kurz am Oberarm, dreht sich dann um und winkte mir im Gehen zu.
„See you", rief ich ihr nach.

Ich blieb regunglos stehen. Ich dachte an Slim, die gemeinsame Reise. An Love und Mar. An *NASTA*. Jene obskure bedrohliche Welt, von der Slim sich losgesagt hatte. Und deren Versprechungen von Macht und Reichtum mich in ihren Bann gezogen hatten, ohne mich jedoch je emotional befriedigt zu haben.
Und auf einmal tauchte Danielle in meinem Tagtraum auf. Ich stellte mir vor, wie wir im defekten Lift eine ganze Nacht miteinander verbringen mussten, das Licht fiel aus, ich hörte mich selbst Mundharmonika spielen und singen: *If you want to sing out, sing out. And if you want to be free, be free ...* Danielle küsste mich, ich fuhr ihr zärtlich durch ihr dunkelrotes Haar, nahm die grüne Brille von ihrer Nase, ließ meine Finger zart von ihren Wangen zu ihrem Nacken gleiten, fühlte die Rundungen ihres Busens, während sie ihre Hand langsam über meinen Bauchnabel zum Bund meiner Hose gleiten ließ. Unsere Zungen berührten sich, wir wurden eins und mir wurde heiß.

„Kann ich Ihnen helfen?" fragte der junge Verkäufer

der Herrenabteilung.
„Ääh ja", sagte ich und begab mich zurück in die Wirklichkeit des Kaufhauses, „ich suche eine Hose und ein Hemd für mich. In bunten Farben. Vielleicht mit rot und grün."

Bert Ron: Nächtlicher Besuch

Für das Korrekturlesen einen herzlichen Dank an Jörg und Karl-Josef.

Made in the USA
Charleston, SC
21 February 2016